AF238396

FREUND • DIE FESTPLATTE

EUGEN FREUND

Die Festplatte

Ein Kriminalroman

Wieser *Verlag*

Die Herausgabe dieses Buches erfolgt mit freundlicher
Unterstützung der Stadt Wien und des Landes Kärnten.

Anmerkung des Autors:

Dieses Buch basiert auf e i n e r wahren Begebenheit:
im Mai 2019 bringt ein Mitarbeiter des Österreichischen
Bundeskanzleramtes Festplatten zum Schreddern zu einer
Firma, die sich auf die totale Vernichtung von Computerdaten
spezialisiert. Alles andere, insbesondere Ähnlichkeiten mit
lebenden oder toten Personen, wie sie in diesem Buch
beschrieben werden, sind rein zufällig.

Wieser Verlag
Založba Wieser

•

KLAGENFURT/CELOVEC · WIEN · LJUBLJANA · BERLIN

A-9020 Klagenfurt/Celovec, 8.-Mai-Straße 11
Tel. +43(0)463 370 36, Fax: +43(0)463 376 35
office@wieser-verlag.com
www.wieser-verlag.com

Klick-klick, klick-klick, klick-klick. Der Blinker machte ein beruhigendes Geräusch. Bülent Erdovan verzögerte auf 50 Stundenkilometer, er wusste, dass die Abfahrt nach Kindberg von der Schnellstraße S6 bei einem Stoppschild endete. Er blieb stehen, blickte nach links, kein Fahrzeug war zu sehen, und fuhr wieder an.

»Schau das Gebäude da vorne, meine Mutter hat das immer das ›Siechenheim‹ genannt.« Martina, seine Frau, war aus dem Halbschlaf aufgewacht, rechtzeitig bevor sie wie immer in der Bäckerei „Pesl" in Kindberg ein spätes Frühstück einnehmen würden. Mittlerweile wusste Bülent schon, was jetzt kommen würde. »Darin waren einige Jahrzehnte lang geistig behinderte Menschen untergebracht«, bemerkte seine Frau. Nun stand das Haus, 15 Fenster pro Reihe, drei Stockwerke hoch, leer. Versuche, hier Flüchtlinge unterzubringen, scheiterten ursprünglich am Widerstand der Gemeinde – oder besser: wie fast überall hatte sich die FPÖ dieser Thematik angenommen und die Bevölkerung aufgestachelt. Am Ende wurde vereinbart, dass maximal 250 „vulnerable Personen", so hatte es das Innenministerium mehrfach versichert, in Kindberg untergebracht werden.

In der Zwischenzeit war Bülent in der Innenstadt angekommen. In den vergangenen Jahren wurde der Hauptplatz verschönert, was für Kommunalpolitiker meist bedeutete, die Grünflächen mit Granitsteinen zuzupflastern und zu verkleinern. Vor ihnen ragte ein rund 30 Meter hoher „Zunftbaum" in die Höhe, geschmückt mit Wappen aus den 9 Bundesländern und Figuren, die Handwerker aus der Umgebung darstellten. Ihnen war das alles sehr vertraut, seit den Neunzehnhundertachtzigern hatten sie auf der Strecke von Kärnten nach Wien immer wieder in diesem kleinen steirischen Städtchen pausiert. Beim „Pesl" wurden die beiden wie alte Freunde begrüßt, sie waren quasi Stammgäste. Im Unterschied zur Vor-Covid-Zeit war das Lokal jetzt immer ziemlich leer. Sie gingen vom Verkaufsraum durch die Glastüre in das Caféhaus. Neben alten schwarz-weiß Fotos, die das Gebäude zeigten, wie es vor fünfzig und vor neunzig Jahren aussah, fiel Bülent jetzt eine Marien-Statue auf, die gleich neben dem Eingang in einer Nische stand. Er hatte sie zuvor noch nie bemerkt, vielleicht auch, weil er sich immer auf die Zeitungen konzentrierte, die direkt darunter lagen – sogar eine „New York Times" hatten die Besitzer abonniert. Kaum hatten sie sich hingesetzt und die Bestellung aufgegeben, schritt eine ältere Dame durch die Glastüre auf sie zu: kurzgeschnittenes graues Haar, einen ebenso grauen Mantel und zwei Stöcke – es war nicht ganz klar, ob es Spazierstöcke waren oder doch Gehhilfen. Sie grüßte sehr freundlich, stellte sich vor (»Mein Name ist Stefanie Herzhauser«) und als Bülent höflich mit seinem Namen erwiderte, sagte sie schnell: »Ich weiß, ich kenne Sie, Herr Erdovan, ich sehe Sie immer wieder bei Diskussionssendungen im Fernsehen.« Tatsächlich trat Bülent Erdovan, er war Ende fünfzig, groß gewachsen, mit kantigen Gesichtszügen, aus dem vor allem seine schwarzen Augen hervorstachen, häufig im ORF auf, als stellvertretender Chefredakteur des „Profil" hatte er sich einen Namen vor allem für komplexe Wirtschaftsprozesse gemacht. Er war gleichermaßen innig vertraut mit allen Facetten der österreichischen Innenpolitik, auch wenn sein Spezialgebiet die Wirtschaft war. Aufgefallen war er, als er 2009 den „Meinl"-Skandal enthüllte, der mit der Verhaftung des Banken-Chefs Julius Meinl V. einen vorläufigen Höhepunkt fand. Kürzlich hatte er einen Artikel verfasst, der das vorläufige Ende einer großen, alteingesessenen Möbelkette beschrieb. Vor allem die seltsam hektisch über die Bühne gegangene Übernahme von „Kika-Leiner" durch den österreichischen Immobilien-Tycoon Gerhard Trenk zu Silvester 2018. Damals hatte die Bundesregierung unter Kanzler Stefan Wenig diesen Deal unterstützt, doch warum sich Wenig persönlich so dafür eingesetzt hatte, blieb bis heute unaufgeklärt. Bülent hatte den ersten Teil seiner Recherche gerade diese Woche veröffentlicht, nächste Woche sollte – so die marktschreierische Ankündigung – »eine innenpolitische Bombe« platzen. »Wir haben alle Details zum „Kika-Leiner"-Deal mit dem früheren BK«, ließ das „Profil" über X (früher Twitter) verlauten. Doch ob das tatsächlich wahr war, war gar nicht so sicher – in den „sozialen" Medien war die Tendenz, jedes noch so unwichtige Thema zu einem Kriegsschauplatz aufzublasen, in den letzten Jahren wie ein Reklameballon in himmlische Höhen gestiegen. Dazu kam, dass sich zu oft schon irgendwelche Hacker in ein Profil (auch das von „Profil") hineingeschwindelt hatten, um die überforderten Follower völlig in die Irre zu führen.

In der Zwischenzeit hatten sie auch das Frühstück serviert bekommen, das sie – zumindest, wenn sie hier am Vormittag einkehren – immer bestellen: eine Terrine mit Schinken, Käse, Butter, ein wenig Gemüse und »so viel Gebäck wie Sie wollen« (so stand es auf der Speisekarte). Frau Herzhauser hatte, ohne sich hinzusetzen, begonnen, unaufgefordert ihre Lebensgeschichte zu erzählen. Aufgewachsen war in sie in der Nähe auf der Veitsch, studiert hatte sie in London, in Brüssel war sie lange Zeit bei der EU-Kommission tätig, weitere Stationen waren Genf und die Weltbank in Washington. Immer wieder sei sie nach Österreich gekommen, nicht zuletzt, um den Kindern die deutsche Sprache näherzubringen. Ein Sohn hatte in Brüssel einen Job gefunden, die Tochter sei in London geblieben, die arbeite dort, sagte sie ganz beiläufig, beim MI5. Doch derzeit habe sie sich für längere Zeit frei genommen (»Sabbatical – Sie kennen das ...«) und erhole sich bei ihrer Mutter. Sie selbst hatte es in der Pension wieder in die Steiermark verschlagen, gleich hier um die Ecke hatte sie eine Wohnung erworben. So, als wollte sie nur ihre Lebensgeschichte, oder jedenfalls eine verkürzte Version davon, loswerden, (»Jetzt habe ich Sie aber lange aufgehalten, tut mir leid ...«) verabschiedete sie sich wieder, nicht ohne vorher ihre Telefonnummer mit der von Bülent auszutauschen. Bülent war fasziniert von ihr und ihrer Lebensgeschichte. Er nahm sich vor, sie bei nächster Gelegenheit anzurufen und sich mit ihr einen Termin auszumachen. Er fühlte, dass sie nicht allzu viele passende Ansprechpartner hier im Ort hatte und froh war, sich mit jemandem über ihr interessantes Leben austauschen zu können. Das freundliche Bäcker-Personal, bei dem sich Bülent dann nach ihr erkundigte, kannte sie und lieferte noch ein paar Details, die freilich nur wenig über das hinaus gingen, was er von der nur so vor sich hinsprudelnden Dame ohnehin schon erfahren hatten. Das Frühstück war mittlerweile aufgegessen, Kaffee und Tee

waren leer getrunken, die halbe Stunde Parkzeit abgelaufen. Bülent blickte noch rasch auf sein Handy, die
„Signal"-App zeigte ihm an, dass er eine Nachricht bekommen hatte. Er drückte auf das Symbol, es war Erich,
den er als Mitarbeiter im Kabinett des Bundeskanzlers
kennen gelernt hatte. Erich Grössling war einer von der
jungen Garde, den der ebenso junge Regierungschef in
seinen Stab geholt hatte, als dieser die Nationalratswahl
2017 fulminant gewonnen hatte. Grössling war es, der
im Mai 2019, kurz nach dem Ibiza-Skandal, mehrere
Festplatten aus dem Bundeskanzleramt zu einer ein-
schlägigen Firma gebracht hatte, um sie schreddern zu
lassen. Das war schon auffällig genug, doch dann stellte
sich heraus, dass er damals darauf bestanden hatte, die
digitalen Daten DREI-mal durch den Reißwolf laufen
zu lassen, damit ja nichts mehr rekonstruierbar werden
würde. Und – zu allem Überfluss – hatte er noch einen
falschen Namen angegeben, was die Angelegenheit noch
suspekter machte. »Bist Du in Kärnten?«, fragte Erich in
der Kurznachricht. Bülent wunderte sich. Weniger über
die Fragestellung selbst – denn dass er immer wieder mit
Martina zum Zweitwohnsitz ins kärntnerische Jauntal
fuhr, war allgemein bekannt – mehr über die Kontakt-
aufnahme an sich. Er hatte von Erich schon längere Zeit
nichts mehr gehört. Als Journalist hatte er ihn einst bei
einem Kanzler-Heurigen kennen gelernt. Die beiden waren gelegentlich nach der Arbeit auf ein Glas Wein zusammengetroffen, einmal hatten sie sogar eine Woche
lang eine gemeinsame Auszeit verbracht. Doch nach dem
Ende der schwarz-blauen Regierung war der Kontakt
abgebrochen. »Bin am Weg dorthin, was gibt's?«, tippte
Bülent in sein Handy. Mittlerweile hatte seine Frau noch

ein Brot und weiteres Gebäck für zuhause gekauft und war bereits beim Ausgang. »Kommst Du jetzt?«, fragte sie fast ein wenig vorwurfsvoll und richtete einen Blick auf Bülents Handy. »Nein, schon gut, gemma!« Das Auto stand gegenüber der Bäckerei auf der Hauptstraße, die halbe Stunde kostenlose Parkzeit war schon überschritten, doch zum Glück gab es kein Strafmandat. Einmal blickte Bülent noch auf sein Handy, doch Erich hatte noch nicht geantwortet.

Wiener Zeitung, 25. April 2023

Prozessbeginn für Ex-ÖVP-Ministerin Karmasin

Sophie Karmasin steht vor Gericht. Sie ist die Erste aus dem Umfeld von Ex-Bundeskanzler und ÖVP-Chef Sebastian Kurz, die sich vor dem Landesgericht für Strafsachen in Wien verantworten muss, wird aber nicht die Letzte sein. So manch ein Verteidiger rechnet mit Anklagen für seinen ÖVP-Mandanten.

(Karmasin) soll einerseits wettbewerbsbeschränkende Absprachen getroffen haben, um an Aufträge des Bundesministeriums für Öffentlichen Dienst und Sport zu kommen. Andererseits soll sie schweren Betrug begangen haben, weil sie nach ihrem Ausscheiden aus dem Ministerinnen-Amt unrechtmäßig weiterhin eine Bezugsfortzahlung in Anspruch nahm.

Als sie das Lavanttal erreichten, erinnerte der leicht süßliche Geruch beide an das Sägewerk in Frantschach-

St. Gertraud, das jahrzehntelang seine Chemikalien sowohl in die Luft geblasen als auch in die Lavant abgeleitet hatte. »Wie konnten es die Menschen dort nur aushalten?«, fragte Bülent, ohnehin nicht zum ersten Mal, seine Frau, die dort die Kindheit verbracht hatte, bevor die Eltern später ins Jauntal übersiedelten. Er hatte Martina auf einem Flug nach New York kennen gelernt, sie wollte einen alten Freund in Manhattan besuchen, ihre Flugangst hinderte sie jedoch lange daran. Dass der Bruder ihrer Freundin zufällig auch über den Atlantik flog, machte ihr dann die Entscheidung leichter, ein Ticket zu buchen. So erlebten sie gemeinsam New York, dann heirateten sie, hatten zwei Kinder, die Martina besonders liebevoll und – wie Bülent das immer nannte – „aufopfernd" großzog, schließlich übte sie als Mathematikprofessorin ja auch einen anstrengenden Beruf aus.

»Wir kannten gar keine andere Luft, für uns war das ganz normal. Es war eher umgekehrt – wenn wir einmal den Ort verließen, dann roch es überall anders seltsam!« Vielleicht war der Geruch dennoch der Grund, dass ihre Eltern in der Pension eine gesündere Gegend aufgesucht hatten und sich in St. Primus ein kleines Haus gebaut hatten. Dorthin waren Bülent und Martina nun unterwegs, inzwischen waren sie wieder auf die Autobahn aufgefahren. Zu ihrer linken Seite, parallel zur A2, zog sich neben ihnen die Koralpe hin. Bülent hatte vor, einen Artikel über den Lithium-Abbau zu schreiben, der vor Jahren angekündigt wurde, aber immer noch nicht begonnen hatte. Eigentlich wollte ein australisches Unternehmen, das die Schürfrechte vom Kärntner Eigentümer um einen lächerlichen Betrag erstanden hatte, mit dem Abbau schon 2016 beginnen, doch jetzt, sieben Jahre später, war noch keine einzige Schaufel dieses kostbaren Erzes für Elektrobatterien bereitgestellt worden. Vielleicht war das Zögern, dachte sich Bülent, darauf zurückzuführen, dass Lithium nicht mehr als „state-of-the-art" für den Bau von Elektrobatterien galt. Vor allem die Chinesen hatte andere seltene Erden entdeckt, die die Batterien leichter und langlebiger machten. Nächste Woche wollte sich Bülent mit einem Presse-Mitarbeiter von „European Lithium" in der Nähe eines Probestollens treffen, er hoffte, von ihm mehr zu erfahren. Die Bevölkerung war ohnehin skeptisch, sie fürchtete vor allem den Verkehr und den Lärm von hunderten Lastwagen, die das Material zur Verarbeitung (wohin eigentlich?, auch das wollte Bülent herausfinden) bringen würden. Vor ihm tauchten einige Lastwagen auf. Beim Überholen sah er, dass sie voll mit Schutt beladen waren, vereinzelt ragten auch verrostete Eisenstangen über die Bordwände hinaus. In seinen Gedanken war der Journalist in der Türkei gelandet, wo er zwei Wochen zuvor nahe Verwandte besucht hatte. Nach dem schweren Erdbeben hatte sich sein Cousin aus Kahramanmaraş gemeldet und ihm mitgeteilt, dass ein großer Teil seiner Familie unter den Trümmern verschüttet worden war. Seine Eltern, Onkel und Tante waren verstorben, er, Cemir, hatte Glück gehabt, das relativ neu gebaute Haus hatte dem Beben standgehalten. Bülent beschloss kurz nach dem Telefonat, mit einem ausgiebigen Lebensmittelpaket, Bettwäsche und Hygieneartikeln in die Türkei zu reisen und seine Verwandten zu unterstützen. Er flog nach Istanbul, danach weiter nach Gaziantep und mietete sich dort einen Wagen mit einem einheimischen Fahrer, der ihn nach Kahramanmaraş brachte. Es war eine Fahrt voller Umwege, viele Straßen waren unpassierbar geworden, für eine Strecke, die man normalerweise in etwas mehr als einer Stunde bewältigte, brauchten sie einen ganzen Tag. Schon unterwegs war Bülent das ganze Ausmaß der Katastrophe deutlich geworden. Überall standen Menschen neben der Straße, hinter ihnen die Ruinen ihrer ehemaligen Wohnhäuser oder Arbeitsstätten, auf dem einen oder anderen Anhänger, die von den eingestürzten Trümmern verschont geblieben waren, lagen die geretteten Habseligkeiten. Was nicht mit Decken abgedeckt war, konnte Bülent als Kühlschrank oder Waschmaschine erkennen, oder auch eine Kommode, dort lugte eine TV-Schüssel hervor, da wiederum ein Flachbildschirm. Doch weit und breit war nicht zu sehen, wo diese bedauernswerten Menschen ihr Hab und Gut nun einlagern, geschweige denn, wo sie Platz für sich selber finden würden. Gegen Abend waren sie endlich in Kahramanmaraş angekommen. Bülent war vor einigen Jahren das letzte Mal zu Besuch bei seinen Verwandten gewesen, doch mit seinen Erinnerungen konnte er nun absolut nichts anfangen. Die Hauptstraße endete an einem riesigen Schutthaufen, von dort, so nahm er an, würde er sich wohl zu Fuß weiterkämpfen müssen. Zum Glück funktionierte das Handy-Netz einigermaßen, so rief er Cemir an, um ihm seine Ankunft anzumelden. Es läutete. »Pass auf!«, rief Martina ihm ins rechte Ohr, da, wo er gerade das Handy hingehalten hatte – oder hatte er? Gleichzeitig zitterte das Lenkrad, ein deutliches Zeichen, dass er die Seitenlinie überfahren hatte. »Alles gut«, beruhigte er sie (und sich, denn tatsächlich war er mit seinen Gedanken – und seinem Wagen – so weit abgewichen, dass er mit den rechten Reifen schon am Pannenstreifen gelandet war), »ich hab' alles unter Kontrolle!« Kalter Schweiß hatte sich auf seiner Stirne gesammelt. Er kannte die Strecke so gut wie auswendig, doch natürlich hieß das nicht, dass er den Blick auf die Fahrbahn durch Gedanken an andere Ereignisse völlig vernebeln konnte. Bülent nahm sich vor, jetzt nicht mehr an seinen Türkei-Aufenthalt zu denken, sondern sich nur noch auf die Fahrt zu konzentrieren. In zwanzig Minuten würden sie ohnehin zuhause sein, dann konnte er sich ausruhen und sich alles Mögliche durch den Kopf gehen lassen.

Der Kofferraum war vollgestopft, wie immer hatten sie neben Lebensmitteln aus dem Kühlschrank in Wien wieder alles mitgenommen, was für einen zweiwöchigen Urlaub gereicht hätte. Dabei wollten sie nur ein paar Tage bleiben. Das Haus gehörte Martinas Eltern, doch seit ihr Vater vor vier Jahren gestorben war, hatten sie die Wohnung im ersten Stock völlig umgebaut und sich dort ein schönes zweites Zuhause eingerichtet. Von oben gab es einen wunderbaren Blick auf die Karawanken, die Petzen im Osten spiegelte sich im Turnersee wider, auf dem Berg, wo sonst bis in die späten Frühling Schnee lag, war um diese Jahreszeit nur eine grün-braune Almwiese zu erkennen … Plötzlich vibrierte das Handy. Bülent erinnerte sich an die Nachricht, die er von Erich in Kindberg gelesen hatte. Er öffnete die Signal-App. Es war wieder Erich: »Können wir uns treffen? Ich hab' etwas für Dich.« Darunter noch eine Message: »Morgen, 14.00 Uhr. In Trögern.« Trögern? Warum hatte Erich diese Adresse ausgesucht? Vor fünf Jahren waren beide gemeinsam eine Woche in diesem außergewöhnlichen Berg-Gasthof gewesen: kein Fernseher, nicht einmal Handy-Empfang, nur Ausspannen, mitten im Nirgendwo,

Bergluft, nachts hörte man Hirsche röhren, tagsüber die Vögel zwitschern, am kleinen Teich quakten die Frösche. Obwohl sie sich damals gut erholten, kamen sie doch überein, dass sie kein zweites Mal dorthin fahren würden. Und jetzt war Erich doch wieder da oben gelandet. Was, um Himmels Willen, wollte er dort? Und was konnte das sein, das er für ihn hatte?

* * *

Montag, 20. Mai 2019

„Meeting+++"

Erich Grössling war erstaunt. Aufrufe zum „Meeting" waren Routine, vor allem in den letzten Wochen gab es immer öfter außertourliche Treffen im Bundeskanzleramt. Aber solche mit Dringlichkeitsstufe 2 und – das sagte das dritte Plus aus – dazu noch im abhörsicheren Spezialraum im Tiefgeschoss, das erstaunte den engen Vertrauten des Kanzlers doch. Er nahm sein Handy, trennte seinen Laptop von der Stromversorgung, klappte den Bildschirm zu und eilte aus seinem Büro auf den Gang. Schräg gegenüber seiner Bürotür war ein Eingang, der kaum benützt wurde: er führte zu einer wenig bekannten Wendeltreppe, sie war etwa einen Meter breit und schlängelte sich noch einen Stock nach oben und zwei Stockwerke in die Tiefe. Erich nahm zwei Stufen auf einmal und hielt sich mit der freien Hand am Geländer fest, um ja nicht zu stolpern. Unten angekommen musste er sich kurz orientieren: er war erst einmal in diesem Sonderraum gewesen, war er nun links oder rechts vom Stiegenende? Er blickte nach rechts, hier hörte der Gang schon nach wenigen Metern auf, auf der anderen Seite blickte er viel weiter nach vorne. Das musste es sein, dachte Erich und lief los. Jetzt erinnerte er sich wieder, ganz am Ende rechts war eine schwere Eisentüre, an der er nun angekommen war. Niemand hatte es dorthin so nahe wie er, Erich musste der erste gewesen sein, die Türe ließ sich nicht öffnen. Dann sah er das digitale Zahlen-Pad, tippte die vier Geheimziffern ein – und nichts tat sich. Es war auch ein ungewöhnliches Gerät: im Unterschied zu einem Handy, auf dem die Zahlen immer an der gleichen Stelle stehen, war dieses Zahlen-Pad so eingerichtet, dass die Eins einmal links oben stand, dann wieder in der Mitte und so ging es mit allen Zahlen. Wer ein optisches Gedächtnis hatte und die Nummern so eintippte, wie er sich das geometrisch gemerkt hatte (etwa von links oben nach rechts unten), der konnte in seinem Gedächtnis lange kramen, das Zahlenbild am Pad war zu einem Zerrbild geworden. Nach einigem Nachdenken schafft es Erich dann doch.

Erst dann entdeckte er ein weiteres elektronisches Instrument: es war auch nicht größer als das mit den Zahlen, hatte aber in der Mitte ein kleines Glasfenster, etwa so groß wie ein Daumen. Erich erinnerte sich, dass er vor einigen Wochen seine Fingerabdrücke von einem Security-Unternehmen hatte abnehmen lassen und so legte er jetzt seinen Daumen auf das Glas. Es klickte. Er stieß an die Türe – geschafft. Oder jedenfalls fast, denn der Raum vor ihm war stockdunkel. Ein Lichtschalter war rasch gefunden, ein Druck, die Neonlampen flackerten auf und gaben die Umgebung frei: zwei Bildschirme an der Wand, ein großer Arbeitstisch mit acht – nein, es waren zehn – Sesseln, an den Wänden standen noch ein paar zusätzliche Stühle. Kaum hatte sich Erich an das Licht gewöhnt, hörte er hinter sich die Türe öffnen ... Nur vier Personen hatten sich im Raum eingefunden, keiner war über vierzig, Erich war mit seinen 27 Jahren der jüngste. Doch er war wohl der technisch versierteste, jedenfalls wurde ihm gleich nach seinem Eintritt ins Bundeskanzleramt der gesamte digitale Bereich überantwortet. Schon seit seiner Kindheit hatte er mit Computern zu tun, seine Eltern hatten ihm mit 15 Jahren einen Apple iMac besorgt, jenes bunte Gerät, in dem Bildschirm und Elektronik sowie ein CD-Laufwerk in einem verbaut war. Die zugekauften Spiele langweilten ihn nach einiger Zeit und so begann er selbst zu programmieren. Seine selbst erschaffenen Programme fanden in der Schule reißenden Absatz. Auch sein Ansehen stieg vom erst unerträglichen „Nerd" zum beliebten Kumpel, der sich immer mehr Freunde machte. Ein Klassenkollege, Andreas, hatte sich früh in der „Jungen ÖVP" engagiert, er war es, der Erich nach dem abgebrochenen Mathematik-Studium ins Kanzleramt holte. Andreas war mit dem aufstrebenden Jung-Politiker Stefan Wenig, den er in der „Jungen ÖVP" kennen gelernt hatte, jede Stufe mitgegangen: erst in das Staatssekretariat, wo er für Integration zuständig war, dann ins Außenministerium und schließlich ins Bundeskanzleramt. Wenig war in jeder Position der Jüngste: als Staatssekretär fiel er nicht so sehr auf, außerdem wurde er von den Medien wegen seines Alters und seiner Unerfahrenheit ziemlich kritisiert, doch als er dann zum Außenminister ernannt wurde, blühte er so richtig auf. Mit den Großen der Welt abgebildet zu werden, das schien ihm richtig Spaß zu machen. Selbst wenn er bei wichtigen außenpolitischen Treffen in Wien, etwa zum iranischen Atomabkommen, keine Funktion hatte, seine Medienmannschaft sorgte dafür, dass er immer so dargestellt wurde, als würde er den Weltfrieden sichern. Ein Foto zeigte ihn damals mit John Kerry, seinem politisch schwergewichtigen amerikanischen Gegenüber. Der Text dazu, dafür hatten seine Medienberater gesorgt, ließ dann keinen Zweifel daran, dass der junge Mann eine gewichtige Rolle in diesen Verhandlungen spielen würde. Die meisten Zeitungen ließen sich mit solchen Meldungen gerne füttern.

Wenig saß jetzt Erich gegenüber und, neben Andreas, war nur noch eine vierte Person, Kabinettschef Gregor Pustelnik, im Raum. Pustelnik war sichtlich nervös: mit beiden Händen kramte er in seiner schwarzen Aktentasche herum, und wie immer, wenn ihn etwas besonders irritierte, zog er in Sekundenabständen seinen linken Mundwinkel nach unten. Es war schwer, davon nicht angezogen zu werden. Einmal hatte Erich im Stillen gezählt, wie oft die Nerven dieses Zucken auslösten: er kam auf 56 Mal, er tickte fast so regelmäßig wie ein Sekundenzeiger. Nun hatte Pustelnik offenbar gefunden, was er gesucht hatte, seine Mine hatte sich entspannt, oder es hing damit zusammen, dass Wenig ein kräftiges, freundliches »Einen schönen Nachmittag« in den Raum rief. »Nichts wird euch jetzt noch überraschen«, sagte er als nächstes, wobei er seine beiden Hände bei jedem zweiten Wort öffnete und schloss, »wenn einen Ibiza wie ein Tsunami überrollt hat, dann weiß man, dass so eine ›b'soffene G'schicht‹ nur der Anfang und nicht das Ende von einem Alptraum ist, dem wir uns stellen müssen.

Und, meine lieben Freunde, wir werden das überstehen« (Hände auf, Hände zu) »Das kann ich euch garantieren. Aber auch wir müssen vorsichtig sein. Ihr habt ja gesehen, wozu unsere Gegner – mit Hilfe der Elektronik – imstande sind.« Erich überlegte: Stefan – längst war er mit dem Obersten Chef per Du – spielte wohl auf die versteckten Kameras an, die jedes Wort und jede Geste seines Vizekanzlers auf der Finca in Ibiza aufgenommen hatten. Konnte es tatsächlich sein, dass auch in den verschiedenen Kanzlerzimmern Kameras eingeschleust worden waren? Erich schauderte bei dem Gedanken. Einmal hatte er spätabends im Kanzlerzimmer mit seinem befreundeten Kollegen Norbert N. (den Nachnamen wollte er lieber geheim behalten) ein bisschen über den Durst getrunken. Danach war es zwischen ihm und Norbert zu Zärtlichkeiten gekommen, die er nicht gerne auf einem Video vorgeführt bekommen würde. Erich zwang sich dazu, weiter zuzuhören: »Wir haben die Firma, die unsere Computer betreut, verständigt und ihr den Auftrag erteilt, sofort die Festplatten in meinem Zimmer und in dem vom Kabinettschef auszubauen. Die müssen jetzt vernichtet werden, und zwar für immer: also nicht einfach löschen, sondern so zerstören, dass absolut nichts mehr rekonstruiert werden kann.« Erich war erleichtert. Kein Video, maximal kompromittierende Töne, aber auch die würden nun ja gelöscht werden. »Erich, ich bitte Dich, bringe sie zum ›Reißwolf‹ – die sind die absoluten Spezialisten für so etwas.« Erich blickte auf die Uhr: es war 17 Uhr 25. Keine Chance, dass die das heute noch erledigen würden, aber das wollte er jetzt nicht thematisieren. Er überlegte nur, was alles Kompromittierendes – neben all den Mails, Chats und möglicherweise auch

Telefongesprächen – auf den Festplatten gespeichert sein könnte. Wenig glaubte ständig an Verschwörungen, sein Lieblingswort war „anpatzen" – natürlich war damit gemeint, dass er ständig von anderen, ob das nun verfeindete Journalisten oder Oppositionspolitiker waren, »mit Dreck beworfen wird«. Tatsächlich hatte er unter den Journalisten nicht viele Gegner, doch gelegentlich hatten Reporter vom „Dossier" und auch vom „Profil" über Unangenehmes aus dem Freundeskreis des Kanzlers herausgefunden, was ihn maßlos geärgert hatte. Wenig war sich sicher, dass es einen Maulwurf in seinem unmittelbaren Arbeitsbereich geben musste, die die „Schreiberlinge" (wie er sie nannte) mit den leidigen Informationen gefüttert hatten. Viel weiter kam Erich in seinen Phantasien nicht, denn nun hatte sich Pustelnik gemeldet: »Ich sag' euch nur, das ist eine ganz heikle Angelegenheit. Es ist ja kein Zufall, dass wir uns in diesem abhörsicheren Raum treffen, niemand – und ich betone ausdrücklich: N-I-E-M-A-N-D – darf ein Wort darüber verlieren, dass diese Sitzung stattgefunden hat, geschweige denn, was hier besprochen worden ist. Ist das allen klar?!« Pustelnik blickte sich um, sah erst Andreas in die Augen, dann Erich, beide nickten, den Kanzler, der neben ihm saß, ließ er aus, von ihm war ja der Auftrag zur absoluten Stillhalte-Politik gekommen.

»Jetzt kommen ein paar schwierige Tage auf uns zu«, meldete sich der Bundeskanzler zu Wort, »aber wir werden das überstehen. Mit den Freiheitlichen kann das so nicht weitergehen, also werden wir früher oder später Neuwahlen abhalten. Und wir werden gewinnen, das versprech ich euch!« Nach diesem Satz schaute Wenig in die Runde, Pustelnik klopfte mit den Fingern auf den Tisch, die anderen folgten ihm. Auch Erich machte es ihnen nach, doch er hatte Zweifel, dass alles gut ausgehen würde.

Gleich nach dem Treffen nahm ihn der Kabinettschef mit in sein Büro. Dort hatte er in einem kleinen Aluminiumkoffer, der das Firmenzeichen der Mikrofon-Firma AKG trug, die drei Festplatten verstaut. Erich öffnete den Verschluss, überzeugte sich, dass die Speichermedien tatsächlich verstaut waren, schloss den Koffer wieder und nahm ihn an sich. »Ich vertrau' Dir!«, sagte Pustelnik und blickte dabei dem jungen Mitarbeiter streng in die Augen. Der senkte den Blick, verabschiedete sich und verließ das Büro.

Zuhause klappte Erich seinen Laptop auf, tippte das Passwort ein und starrte auf den Bildschirm. Er überlegte: irgendwie kommt mir das alles bekannt vor, grubelte er, doch woran erinnert mich das? Eine Abhöranlage, geheime Mikrophone im Zentrum der Macht, ein Staatsmann, der unter Druck gerät – da fiel es ihm ein: bei einer Reise in die USA im vergangenen Sommer hatte er auch die Bundeshauptstadt Washington besucht und ein Mitarbeiter der Botschaft, der ihm die Sehenswürdigkeiten der Metropole zeigte, hatte mit ihm das Watergate-Hotel besucht. Jenes Gebäude, das einem der unrühmlichsten Kapitel der jüngeren amerikanischen Geschichte seinen Namen gegeben hatte: der Watergate-Skandal. Erich erinnerte sich nur dunkel an das Geschehen: es ging um Richard Nixon, den damaligen Präsidenten der USA. Sofort gab er ein paar Stichworte in die Suchmaschine ein.

»Das Hearing im US-Kongress nennt sich nach einem Hotel in der Bundeshauptstadt Washington, in das im

Juni 1972 eingebrochen wurde. Ziel war damals das Hauptquartier der Demokratischen Partei, aus dem wichtige Unterlagen für den Wahlkampf 1974 gestohlen wurden. Alexander Butterfield, ein ehemaliger Regierungsbeamter, war ein enger Mitarbeiter des republikanischen Präsidenten Richard Nixon, der Pläne zum Einbruch bei seinen politischen Gegnern zugestimmt hatte. Mit seiner Aussage war Butterfield der erste, der öffentlich bekannt gab, dass der Präsident in seinem Büro Abhörgeräte installiert hatte, die alle Gespräche, auch jene, die er mittels Telefon führte, auf Tonband mitschneiden ließ. Im Jahr danach trat Nixon zurück, kurz bevor ein Amtsenthebungsverfahren gegen ihn eingeleitet wurde.«

Nein, das war nicht gut ausgegangen damals. Nicht einmal der US-Präsident war in der Lage gewesen, das zu vertuschen – oder besser: er hatte versucht, durch Lügen und Leugnen seinen Kopf aus der Schlinge zu ziehen, doch das amerikanische politische System – und die Medien – funktionierten damals noch. Wie ist das bei uns, dachte Erich. Bis jetzt wusste noch niemand etwas davon, nun ja, niemand ist nicht ganz korrekt, außer ihm waren es noch drei andere Personen im Bundeskanzleramt. Der Techniker, der die Festplatten ausgebaut hatte, hielt das ohnehin für eine Routineaufgabe – Festplatten raus, neue Festplatten rein, das machte er jeden Tag. Doch was darauf gespeichert war, konnte ihm ziemlich gleichgültig sein. Und war es ihm auch. Erich hatte einen anderen Zugang. Natürlich würde er mit den Speichermedien sofort am nächsten Morgen zum „Reißwolf" fahren, doch dann würde alles tatsächlich für immer vernichtet sein. Unergründlich für die Nachwelt. Wenn er jedoch …?

In seinem Schlafzimmer hatte er einen Computer aufgesetzt, an dem zwei Festplatten mit mehreren Terrabyte an Speicherkapazitäten hingen, die er gerade erst vor wenigen Tagen erworben hatte. Er könnte doch … Erich ging zurück ins Vorzimmer, holte den kleinen Aluminium-Koffer, setzte sich zum Rechner und öffnete den silbergrauen Behälter. Was er befürchtet hatte, bewahrheitete sich: die Festplatten hatten kein Kabel, mit dem sie direkt an den Computer angeschlossen werden könnten. Da musste es doch eine Lösung geben. Erich fiel seine „Zauberkiste" ein, in der er Kabel, Trafos, Netzgeräte und anderes elektronisches Kleinzeug aufbewahrte. Ein Griff in die unterste Schreibtischlade und – sie ließ sich nicht gleich öffnen, irgendetwas blockierte das Fach. Erich zog und schob und zog und rüttelte – mit Erfolg. Er blickte auf das Gewusel von schwarzen Drähten, Steckern und unbenutzten Kopfhörern, grub etwas tiefer hinein und da hatte er ihn schon in der Hand: den Plastikstecker, der genau auf die Festplatte passte. Dazu gehörte auch noch eine entsprechende Stromquelle. Auch die war rasch gefunden. Zum Glück funktionierte alles mit einem USB-Stecker, den man einfach in den Computer schieben musste. Den hatte Erich in der Zwischenzeit hochgefahren und schon zeigte er die angeschlossene externe Festplatte an. Erich atmete noch einmal tief ein. „Inhalt kopieren" – das war der nächste Schritt.

ORF-Abendjournal, 5. Mai 2023

Es muss endlich vorbei sein mit dem Festplatten-Schreddern. Mit diesen deutlichen Worten hat der Initiator des Anti-Korruptions-Volksbegehrens, Martin Kräutner, eine Reform des Bundesarchiv-Gesetzes gefordert. Und er erntet damit durchaus Beifall von anderen Experten. Denn die bestehenden Regeln scheinen völlig aus der Zeit gefallen ... Das Bundesarchiv-Gesetz wurde in einer Zeit geschaffen, wo von Social Media und WhatsApp Chats noch keine Rede war ... Das derzeitige Gesetz zielt vor allem auf Schriftliches, auf Papier Festgehaltenes, ab.

Bülent kannte den Weg nach Trögern. Martina hatte sich im ersten Moment gewundert, dass er sie nicht mitnahm, sie liebte diese einzigartige Gegend, den Schnitt in die Felsen, in dem nur Platz für eine Straße und ein Bachbett war. „Dienstlich" war das Stichwort. Das kannte sie nur zu gut, und so vertraute sie ihrem Mann, er brachte jedesmal eine gute Story mit nach Hause, wenn er bei ihr sich mit „dienstlich" verabschiedet hatte. Ein Italien-Tief hatte gerade den Süden wieder einmal mit so viel Wasser versorgt, dass der Trögern-Bach, an dem er nun entlang fuhr, eher einem reißenden Fluss als einem gemächlich dahin fließenden Gewässer glich. Die Fahrt war ihm ein wenig unheimlich, nicht nur weil Erich ihn so völlig überraschend aufgefordert hatte, ihn am hintersten Winkel Österreichs zu treffen. Die Landstraße hatte kaum Platz für zwei Fahrzeuge, links, oder manchmal auch rechts, stiegen die Felsen hoch hinauf, genauso wie sie auf der anderen Straßenseite steil zum Wasser herabfielen. Die Straßenbegrenzung, zum Teil noch aus dicken Baumstämmen, war nicht sehr vertrauenswürdig. Was mache ich, wenn da jetzt einer entgegenkommt, dachte Bülent, und er war froh, sich das gerade ausgemalt zu haben, denn im selben Moment sah er nach der Kurve einen LKW, der voll mit Holz beladen war, auf ihn zukommen: er stieg auf die Bremse und kam gerade vor dem 20-Tonner zu stehen, der zum Glück das gleiche Manöver unternommen hatte. Vom LKW-Lenker konnte er nicht verlangen, dass dieser rückwärts zur nächsten Ausweichstelle fuhr, also legte Bülent den Retourgang ein und schob langsam, Meter für Meter, nach hinten. Er konnte nur hoffen, dass niemand anderer hinter der Kurve auf ihn zukam, und war erleichtert, dass es so auch war: jetzt sah er auch schon die Ausweichstelle, die die Straßenmeisterei mit großer Mühe in den Fels geschlagen hatte und dort stellte er sich hin, um den Holztransporter vorbeifahren zu lassen.

Auf dem Parkplatz vor jener Stelle, an der eine Art Würstelbude stand, sah er im Vorbeifahren nur einen schwarzen SUV mit Wiener Kennzeichen. Die Sommersaison war im Wesentlichen schon vorbei, so war es nicht verwunderlich, dass nur wenige Autos am Parkplatz standen. Auch bei der Hütte erspähte er nur ein Paar mit zwei kleinen Kindern, gleich daneben dann dieses grüne Schild, das ihm bei seinem letzten Besuch in diesem Naturparadies aufgefallen war: „Warnung vor Bären". Angeblich würden Bären aus dem benachbarten Slowenien immer wieder über die Grenze wandern und von den Kärntner Imkern in dieser Gegend köstlichen Honig rauben. Gerade als Bülent in den nächst niedrigen Gang schalten wollte, weil es nun richtig bergauf ging, hörte er ein Geräusch, das wie Donnergrollen klang. Gewitterwolken waren ihm keine aufgefallen, auch wenn es schwierig war, von diesem engen Tal aus, einen einigermaßen größeren Horizont zu erblicken. Viel mehr Gedanken über überraschende Wetterunbillen konnte er sich nicht mehr machen: 20 Meter vor ihm hatte sich ein Stück des Hanges gelöst und war mit großem Karacho auf die Straße gerutscht. Ein paar Bäume, einige Sträucher, vor allem aber ein Erdwall von rund zwei Meter Höhe hatten sich vor ihm aufgetürmt. An ein Weiterfahren war nicht zu denken. Bülent überlegte, ob er seinen Wagen nun umständlich rückwärts rollen sollte, doch schnell war ihm klar, dass er ohnehin nicht das Hindernis für andere Fahrzeuge sein würde – weder für die von oben noch für die von unten. Also stieg er aus, schloss das Auto ab und machte sich zu Fuß auf den Weg ins Gasthaus auf rund eintausend Meter Höhe. Mehr als eine Dreiviertelstunde würde er für den Anstieg nicht brauchen.

Immer wieder kürzte er die Serpentinen ab, indem er von der Straße abwich und sich durch das Gehölz nach oben turnte. Als er wieder einmal so eine Abkürzung nahm (mehr in Metern als in Zeit), hörte er das Geräusch eines Fahrzeugs, das von oben ins Tal raste. Unbewusst bückte sich Bülent so tief er konnte, vielleicht, so dachte er, ist es besser, nicht gesehen zu werden. Dann erblickte er einen schwarzen Wagen, mit abgedunkelten Scheiben, ähnlich wie jener, der auf dem Parkplatz gestanden war. Mehr als dass zwei Personen drinnen saßen, konnte er nicht erkennen. Freilich wusste er, was weder Fahrer noch Beifahrer ahnen konnten: ihre Fahrt würde bald zu Ende sein, denn auch mit einem Vierrad-Antrieb würden sie jene Stelle nicht passieren können, an der ein Teil des Berges abgerutscht war. Wer waren diese Leute, war vielleicht einer der beiden gar Erich, den zu treffen er nun große Mühen auf sich nahm? Was, wenn er im Gasthaus ankam, und alles umsonst war, weil kein Erich mehr anwesend war? Doch jetzt umzudrehen erschien ihm auch nicht die beste Lösung, schließlich hatte er Erich im Fahrzeug ja nicht erkannt, es waren alles nur Theorien. Also marschierte Bülent weiter.

Als er sein Ziel endlich erreicht hatte, war ihm vor allem eines klar: er war für solche „Spaziergänge" nicht mehr gerüstet. Der Schweiß stand ihm nicht nur auf der Stirn, auch unter seinen Achseln war die Feuchtigkeit unübersehbar. Sein Puls raste, sein Atem ging schwer. Bevor er sich so seinem Bekannten zeigte, musste er sich erst einmal kurz ausruhen. Gleich neben dem Teich vor dem Haus stand eine primitive Bank aus roh zusammengezimmerten Baumstämmen. Dort setzte er sich hin und atmete ein paar Mal tief durch. Er blickte sich um: im Nordwesten waren einige Waldlichtungen zu sehen, hinter ihm ging es noch steiler nach oben, direkt vor ihm lag das Gasthaus, die Spitze eines Kirchturms ragte über dem Dachfirst hervor. Eine wunderbare Stille umschloss ihn. Doch – was war das? Hatte er sich die Stille nur eingebildet? Aus dem Haus, es musste doch aus dem Haus kommen, oder?, war ein leises Wimmern zu vernehmen. Und dann ein Ruf, er klang wie „Hilfe". Bülent schoss von der Bank hoch, so erschöpft konnte er gar nicht sein, dass er nicht mit allen Kräften zum Haus rannte. Das Tor war geschlossen. Er drückte die Schnalle nach unten, zum Glück war das Haus nicht versperrt. Mit einem deutlichen Knarren schob er die Türe nach innen und blieb am Gang stehen. Er horchte. Wieder vernahm er das Wimmern. Bülent erinnerte sich von seinem ersten Besuch, dass links am Ende des Ganges die Küche war, rechts ging es zu den Gästezimmern. Er lief den Gang entlang, warf einen raschen Blick in die Küche und blieb dann wieder stehen. „Erich", rief er, »Ich bin's, Bülent. Bist Du da?« Stille. Dann eine Stimme. Auch wenn Bülent nicht erkennen konnte, was genau zu hören war, immerhin wusste er nun, woher die Laute kamen – aus dem letzten Raum. Zwei, drei Schritte und Bülent stand vor Zimmer Nummer Drei. Die Türe war angelehnt. Ohne viel nachzudenken, stieß er daran. Doch sie bewegte sich nur wenige Zentimeter. Der Spalt war nicht einmal groß genug, um seinen Kopf durchzustecken. Bülent drehte seine Schulter zur Türe und schob daran. Sofort wurde das Wimmern lauter. Endlich konnte Bülent ins Zimmer blicken. Am Boden lag Erich in einer großen Blutlacke.

APA, Samstag 3. Juni 2023, 15:35.

Doskozil neuer SPÖ-Obmann
Hans Peter Doskozil wird neuer SPÖ-Parteiobmann. Er wurde heute auf dem Sonderparteitag mit 53,02 % der Delegierten-Stimmen gewählt. Sein Gegenkandidat, der Traiskirchner Bürgermeister Andreas Babler, erhielt 46,81 %.

Im unteren Teil seines Hemdes hatte sich ein einziger dunkelroter Fleck gebildet. Als ehemaliger Sanitäter wusste Bülent, ihn jetzt zu fragen, was geschehen war, würde Erich nur zusätzlich belasten. Er nahm sein Handy aus der Sakkotasche und wählte 133 – die Polizei. Doch was er befürchtet hatte, war auch eingetreten: es gab keinen Empfang. Nicht einmal für einen Notruf. So schnell er konnte, zog er nun das Leintuch vom Bett, zerriss es in mehrere Streifen, bis er ein schmales, langes Band in der Hand hatte. Danach beugte er sich zu Erich herunter, drehte ihn vorsichtig zur Seite, legte einen Polstern unter seinen Kopf und zog, vorsichtig, ganz vorsichtig, das schmale Leintuch unter Erichs Körper durch, dort, wo er den Stich oder die Schusswunde vermutete und band die beiden Enden so kräftig wie möglich zusammen. Erich stöhnte auf, während das Blut langsam auch den gerade umgelegten Stoff durchtränkte. Bülent lief in die Küche, nahm ein Glas, füllte es mit ein wenig Wasser und eilte zurück ins Zimmer. »Trink einen Schluck, Erich, das wird Dir guttun!« Bülent hielt ihm das Gefäß zum Mund und flöste ihm langsam etwas Flüssigkeit ein. So wird er nicht lange am Leben bleiben, dachte Bülent und überlegte. »Ich muss jetzt ganz schnell die Rettung erreichen, aber wie?« Da erinnerte er sich, dass das Haus eine Festnetz-Nummer besaß. Bei seinem letzten Besuch war ihm aufgefallen, dass die Wirtsleute – es waren zwei Frauen, die gestressten Managern eine möglichst Technik-freie Erholung bieten wollten – in ihrem Büro ein Telefon benützt hatten. Bülent eilte auf den Gang hinaus, sah sich um und entdeckte die Türe, auf der ein Schild mit „Büro" angebracht war. Doch der Raum war versperrt. Der Schlüssel wird sicher irgendwo versteckt worden sein, am ehesten in der Küche. Dort drehte er – schließlich war das eine Gastwirtschaft – dutzende Teller, Schüsseln und Becher um, öffnete Schubladen mit Messern, Gabeln und Löffeln, doch nirgendwo sah er einen Schlüssel. Er blickte sich um – tatsächlich, es war viel einfacher als er sich dachte: neben dem Türrahmen hing ein Schlüsselbund und auf einem Anhänger stand deutlich „Büro" zu lesen. Bülent eilte zurück auf den Gang, sperrte die Bürotüre auf und sah auch schon das Telefon vor sich stehen. Wieder wählte er 133. Nach wenigen Sekunden meldete sich eine Frauenstimme: »Polizeidienststelle Bad Eisenkappel, was kann ich für Sie tun?« Als Journalist war er es gewohnt, Ereignisse rasch zusammen zu fassen und so schilderte er der Beamtin, was er hier am Trögern-Hof vorgefunden hatte. »Bitte schicken Sie rasch einen Hubschrauber, mit dem Auto kommen sie eh nicht rauf, die Straße ist durch eine Mure verlegt.«

APA 5. Juni 2023. 15:51, Wahl zum SPÖ-Parteiobmann

Wie die Wahlvorsitzende des SPÖ-Parteitages vom vergangenen Samstag, Michaela Grubesa, vor wenigen Minuten in einer kurzfristig einberufenen Pressekonferenz bekannt gab, wurden wegen einer technischen Panne die Stimmen der Auszählung für den SPÖ-Parteichef vertauscht. Der neue Parteiobmann heißt Andreas Babler.

Er fand Erich in der gleichen Stellung vor, in der er ihn verlassen hatte. Seine Atmung war ruhig, offensichtlich hatte das Leintuch, das er um die Wunde gebunden hatte, das Austreten des Blutes deutlich verlangsamt. »Erich, ein Rettungshubschrauber ist gleich unterwegs, sie fliegen dich nach Klagenfurt. Alles wird gut.« »Danke Dir«, hauchte Erich kaum vernehmbar in Bülents Ohr. Und dann noch: »Sie haben die Festplatte geraubt.

Aber ich habe …« Da war Erichs Kraft am Ende. »Lass Dir Zeit«, erwiderte Bülent, »bleib ruhig.« Bülent setzte sich neben Erich auf den Boden, streichelte ihm mehrmals sanft über den Kopf. Ein wenig später machte Erich ein Zeichen mit der Hand, die andeutete, dass sich Bülent tiefer runterbeugen sollte. Bülent hielt sein Ohr wieder nahe an Erichs Mund. Ganz langsam kam es aus ihm heraus: »Ich – habe – ein kleines – GPS an der – Festplatte – befestigt – Du musst sie finden.« »Was? Wie?«, fragte Bülent in das Ohr seines Freundes, doch seine Stimme drang nicht in das Gehirn vor, oder die Windungen waren nicht mehr in der Lage, eine Antwort zu formulieren. Erich blieb stumm.

Bülent wartete auf den Hubschrauber. Jede Sekunde erschien ihm wie eine Minute, jede Minute wie eine Stunde. Dann endlich hörte er das typische Geräusch der Rotorblätter. Tak-tak-tak-tak. Bülent löste sich vorsichtig von Erich, nur ein schwaches Zittern machte deutlich, dass er noch am Leben war. Der Hubschrauber stand auf der Wiese zwischen dem Gasthof und der Kirche, die linke Seitentüre war schon geöffnet, zwei Sanitäter bemühten sich, die Bahre abzumontieren. Einer rief Bülent etwas zu, doch der Motorenlärm war zu laut um etwas zu verstehen. Als die beiden Männer näherkamen, deutete Bülent auf die Eingangstüre. Sie liefen hinein, Bülent erklärte ihnen, in welche Richtung sie sich begeben mussten. Dann ging alles ganz rasch: sie legten Erich vorsichtig auf die Bahre, steckten einen Schlauch in seine Armbeuge, legten ein Beatmungsgerät an und trugen ihn zum Helikopter. Kurz darauf sah Bülent, wie der Hubschrauber mit dem Schwerverletzten an Bord hinter den Baumwipfeln verschwand.

»Soll ich jetzt auf die Polizei warten?«, überlegte Bülent, während er zur Haustüre ging und sie mit dem Schlüssel, der innen steckte, abschloss, »das kann ja noch länger dauern.« Die Wachebeamten mussten natürlich den letzten Kilometer zu Fuß nehmen, ein Felssturz blockiert auch Polizisten. Einfach verschwinden wäre keine gute Idee, nicht zuletzt, weil Bülent den Beamten ja in die Arme laufen könnte. Was für eine Erklärung hätte er dann, dass er nicht am Tatort geblieben sei. Also ging Bülent in die Küche, öffnete den Kühlschrank, doch bis auf drei verschlossene Flaschen Apfelsaft war kein Getränk zu sehen. Er ließ das kalte Wasser kurz laufen und füllte sich ein großes Glas ein. Dann setzte er sich zum Küchentisch. »Ok, die angeblich geschredderte Festplatte gibt es also doch noch, oder jedenfalls eine Kopie«, rekapitulierte Bülent sein kurzes Gespräch mit Erich. Denn dass damals beim ›Reißwolf‹ so etwas wie eine Hard Disk gleich drei Mal durch den Schredder ging, war sogar auf einem Video zu sehen gewesen. »Doch was war das mit dem GPS?« Erich hatte irgendetwas von einem Tracker gehaucht, oder hatte er sich das nur eingebildet? Er wusste, dass es so etwas in Leihfahrzeugen und in manchen E-Bikes gibt, damit man sie, wenn sie gestohlen werden, wieder auffinden kann. Vielleicht existiert Derartiges auch zum Ankleben, klein genug, dass es nicht auffällt. Wahrscheinlich brauchte man dazu aber Erichs Handy. Hatte er das eingesteckt gehabt? Oder haben das die Attentäter mitgenommen. Vielleicht liegt es aber irgendwo in seinem Zimmer herum? Bülent stand auf, blickte kurz aus dem Fenster und sah in einiger Entfernung zwei Uniformierte auf das Haus zukommen. Jetzt musste er schnell handeln.

Er eilte in den Raum, in dem er Erich gefunden hatte und blickte sich rasch um: das Bett, der kleine Schreibtisch, die Kofferablage – oberflächlich war kein Handy zu sehen. Erich hatte offenbar das Bett neben dem Fenster benützt: Bülent lief um das Doppelbett herum und sah durch den Vorhang, dass die zwei Polizisten unmittelbar vor der Haustüre standen. Mit der linken Hand zog er an der Lade des Nachtkästchens: tatsächlich lag darin ein Handy. Bülent steckte es in seine Sakkotasche, im selben Moment hörte er entschlossenes Klopfen, das durch die zwei Gänge in das Zimmer drang. Rasch ging er zur Haustüre und öffnete sie. »Guten Abend, Revierinspektor Maierhofer und mein Kollege Napetschnig. Wir sind von der Rettung informiert worden, dass hier ein Gast schwer verletzt aufgefunden wurde. Wir möchten den Tatort untersuchen.«

Eine Stunde war Bülent mit den beiden Beamten zusammen im Haus. In einer Art erstem Verhör erzählte Bülent ihnen, dass er den Verletzten so gut es eben ging erstversorgt hatte. Der Mann sei ein guter Bekannter gewesen, sie hätten sich in Trögern getroffen, weil sie einmal schon gemeinsam hier eine Auszeit genommen hatten. Die Festplatte oder gar den GPS-Sender erwähnte Bülent nicht. Irgendwie schien ihm die Sache zu heikel, als dass er darüber zwei „Dorfpolizisten" einweihen wollte. So gut sie in der Lage waren, untersuchten sie das Zimmer nach Spuren. Als Bülent einmal das Wort „Spusi" aufnahm, war ihm klar, dass nun wohl auch noch die Spurensicherung kommen würde. »Brauchen Sie mich noch?«, fragte er die beiden Beamten. »Nein, aber wie können wir Sie erreichen?«, erwiderte der eine der beiden.

Nachdem er seine Daten hinterlassen hatte, verabschiedete sich Bülent und machte sich auf den Weg ins Tal.

Zu Beginn ging er die Straße entlang. Die Sonne hatte sich bereits hinter den Bergen gesenkt, doch der Himmel leuchtete immer noch in einem hellen Blau, im Westen gelblich-rot, nur im Osten war das Blau schon deutlich dunkler. Immer wenn er vor sich eine Serpentine sah, kürzte Bülent den Weg ab: er wechselte ins Dickicht, in der Hoffnung, so schneller nach unten zu kommen. Kürzer war der Weg dadurch in jedem Fall, schneller nicht unbedingt: überall lagen kleinere und größere Baumstämme, der vergangene Winter mit seinem hohen Schneemengen hatte viel Schaden angerichtet. Dazu kamen noch Büsche und Sträucher, denen er ausweichen musste. Eine Abkürzung, so nahm er es sich vor, würde er noch nehmen, dann wollte er auf der Straße bleiben, schließlich machte sich nun die Dunkelheit immer stärker bemerkbar. Bei jedem Schritt knackte ein Ast unter seinem Gewicht, doch plötzlich hörte er das Knacken nicht direkt unter sich, sondern es kam von hinten. Bülent blieb stehen. Wieder klang es, als würde ein Zweig brechen. Er drehte sich um. Keine drei Meter hinter ihm sah er ein felliges Tier, das auf zwei Hinterbeinen stand und ihn dabei überragte. Bülent erstarrte. Sofort schoss ihm die Tragödie von Südtirol durch den Kopf: ein Jogger war von einem Bären getötet worden. Was hatte der Mann falsch gemacht? Was macht man in einer solchen Situation richtig? Sollte er davonlaufen? Oder sich hinlegen und totstellen? Da fiel Bülent ein, dass er vor kurzem bei einem Besuch in Wolfsberg am Weg zum alten Hauptplatz bei einem Jagdgeschäft vorbeigegangen war, auf dessen Auslagenscheibe mit weißer

Farbe „Bärenspray zu verkaufen" geschrieben stand. Er hatte damals geschmunzelt – war das ein Spray, der nach Bären riecht oder würde es diese Tiere tatsächlich verscheuchen, so wie etwa Pfefferspray? Er wusste es nicht, schließlich war er ja am Geschäft vorbeigegangen. Der Bär hatte sich nicht von der Stelle bewegt, genauso wenig wie Bülent selbst. Das war, dachte Bülent, schon einmal ein gutes Zeichen. Doch wie lange würden sie in dieser Stellung verharren können? Ohne sich zu bewegen, blickte Bülent dem Bären erst in die Augen, dann auf die Schnauze. Dort hing ihm der Rest von einem Zweig aus dem Maul, Bülent glaubte, eine Heidelbeere zu erkennen, die er wohl noch fressen würde. Sehr hungrig kann er nicht sein, hoffte Bülent, das könnte meine Chance sein. Sein Blick fiel auf die kräftigen Arme und die spitzen Krallen des Bären. Wenn er damit auf mich zukommt, dann zerreißt er mir alles, was ich am Leib trage. Ich muss weg von ihm. Er steckte seine Hand in die linke Sakko-Tasche und verspürte ein kaltes, eisernes Gerät – eine Pistole. Bevor er sich noch überlegen konnte, wie diese Waffe in sein Sakko gekommen war, schloss er für sich aus, sie gegen den Bären zu benützen. Ohne sich wieder umzudrehen, machte Bülent einen kleinen Schritt nach vorne. Erst hob er den einen Fuß, dann den anderen. Seinen Blick hatte er wieder auf die Augen des Bären gerichtet. Irgendwie schien es ihm, als wäre das Tier selbst froh, dass sich dieser andere Zweibeiner nicht näherte, sondern langsam entfernte. Bülent wurde mutiger: er blickte sich um, sah ein paar Meter entfernt die Straße und ging weiterhin rückwärts durch das Gebüsch. Zu seiner großen Erleichterung machte der Bär keine Anstalten, ihm zu folgen. Im Gegenteil: er drehte sich um und trottete tiefer in den Wald hinein.

Nach nur wenigen Minuten sah Bülent einen großen, schwarzen Kastenwagen mit einem Mercedes-Stern auf der hinteren Türe. Er stand schräg, die Vorderräder reichten in das Gebüsch, vor ihm war der abgerutschte Hang, hier gab es kein Weiterkommen. Offenbar hatte der Fahrer versucht, am Geröll vorbeizukommen, denn unter den Reifen waren deutlich Schleifspuren zu erkennen. Offenbar war das das Fluchtfahrzeug jener Männer, die Erich oben im Haus attackiert und schwer verletzt zurückgelassen hatten. Bülent blickte durch das vordere Seitenfenster, konnte jedoch niemanden sehen. Die hinteren Scheiben waren schwarz getönt, mehr als sein eigenes Spiegelbild war nicht zu erkennen. Bevor er um den Schotterhügel herum ging, notierte er sich noch die Nummerntafel: im ersten Moment sagte ihm die Abkürzung „MNE", die sich auf blauem Grund befand, nichts. Er suchte in seinem Gedächtnis nach Staaten, die mit M beginnen und in Europa liegen („Monaco"?), bis ihm „Montenegro" einfiel. Ja, das müsste passen, dachte er sich und notierte den Rest des Kennzeichens „PK BH043". Mehr konnte und wollte Bülent nicht tun, darum wird sich dann wohl die Polizei kümmern, dachte er sich und kletterte über den Geröllhaufen auf die andere Seite. Dort stand auch schon sein Wagen, dahinter, so gut es ging zur Seite gerückt, der Streifenwagen. Er stieg in sein Auto ein, startete den Motor und fuhr im Rückwärtsgang so weit, bis er eine Stelle fand, an der er wenden konnte. Sein Kopf war voll mit Eindrücken der letzten Stunden: Erich mit der blutigen Wunde, die Festplatte mit dem GPS-Sender, der Hubschrauber, die Sanitäter, die beiden Polizisten – von den Männern, die Erich schwer verletzt hatten, waren ihm nur die beiden in Erinnerung geblieben, die er bei seinem Aufstieg zum Gasthaus vage mit ihrem schwarzen Auto vorbeifahren gesehen hatte. Ob sie sich sein Kennzeichen notiert hatten? Bülent schauderte bei dem Gedanken, vielleicht als nächster auf der Zielscheibe einer möglichen montenegrinischen Mafia zu sein. Doch, andererseits, sein Auto könnte genauso gut der Wagen eines Spaziergängers gewesen sein, der sich zum Pilzesuchen im Wald befand.

Gerade als Bülent zum Parkplatz kam, sah er den schwarzen SUV, der ihm schon bei der Hinfahrt aufgefallen war, mit rauchenden Reifen davonbrausen. Aus der Entfernung war nicht zu erkennen, wie viele Männer drinnen saßen, schon gar nicht, ob es die gleichen waren, die er in dem anderen Wagen gesehen hatte, als er auf dem Weg zum Gasthof war. Waren die Männer tatsächlich mit zwei Fahrzeugen gekommen? Und stand einer unten gar Schmiere, während die anderen oben die Tat begangen hatten? Kaum vorstellbar, wären die nur mit dem einen Fahrzeug gekommen, das nun vor dem Felssturz stand. Bülent hatte sie beinahe eingeholt. Was, dachte er, wenn sie versucht hätten, ihn mit gezogener Waffe aufzuhalten und ihn als Chauffeur und gleichzeitig als Geisel zu zwingen, sie weiß Gott wohin zu führen. Der schwarze SUV war mittlerweile aus Bülents Gesichtsfeld verschwunden. Zu schnell und mit zu großem Vorsprung waren sie unterwegs.

19. Juli 2023

(ORF): Im Wirecard-Skandal hat sich der seit drei Jahren untergetauchte Hauptverdächtige, der aus Öster-

reich stammende Jan Marsalek, über seinen Verteidiger
bei der Münchner Justiz gemeldet. Beim Landgericht
München I sei ein Brief des Anwalts eingegangen, sag-
te ein Sprecher des Gerichts am Dienstag laut dpa. Zu
Inhalt und Einzelheiten des Briefes äußerte sich der Ge-
richtssprecher nicht.

Podgorica, Montenegro.

Auf der Terrasse im Bistro Dijagonala sind die meisten Tische leer. Nur in einer Ecke sitzen zwei Männer, beide deutlich übergewichtig, beide mit schwarzen Anzügen, weißen Hemden und glatt rasierten Köpfen. Aus der Entfernung sehen sie aus wie Zwillinge, oder zumindest wie Brüder. Montenegro war nach dem Zusammenfall Jugoslawiens ein gefragter Hort organisierter Kriminalität. Die Korruption war langsam von ganz unten bis in die oberste Regierungsspitze vorgedrungen, schon im Jahr 2003 wurde Premierminister Milo Đukanović von italienischen Anti-Mafia-Behörden vorgeworfen, ein Dreh- und Angelpunkt jener Banditen zu sein, die in großem Masse Zigaretten auf den Kontinent schmuggelten. Doch damit hatten die Balkan-Ganoven noch nicht genug. Bald wurde dieses Geschäft von Kokain abgelöst, das in großen Mengen aus Südamerika nach Europa geschifft wurde. Đukanović wurde erst 2023, nachdem er in der Zwischenzeit mehrmals an die Spitze des Staates gewählt worden war, von Jakov Milatović, einem jungen, Pro-EU-Kandidaten, aus dem Amt gehievt. Nun konnten sich die montenegrinischen Ganoven, egal ob groß oder klein, nicht mehr so sicher fühlen. Das war auch den beiden anzumerken. Dauernd blickten sie sich um, so, als würden sie sich verfolgt fühlen.

Vor ihnen standen zwei kleine Kupferkannen mit einheimischem Kaffee und zwei kleine, weiße Tassen. Beide waren fast leer getrunken. Sehr einladend war die Gegend rund um die Ilije Plamenca nicht: drei Baukräne ragten in den Himmel, unter ihnen zeichneten sich schon die Umrisse der neuen Gebäude ab, die hier errichtet werden. Noch standen zweistöckige Beton-Skelette, ohne Wände, Fenster und Türen, doch mit Eisenstangen, die darauf schließen ließen, dass es noch weiter nach oben gehen würde, Lastwagen lieferten Fertigbeton, Staub wirbelte auf, Mischmaschinen erzeugen konstanten Lärm. Die Männer ließen sich vom Wirbel nicht irritieren, sie saßen auch nicht zufällig an diesem nicht gerade anziehenden Ort, im Gegenteil: sie konnten zusehen, wie die beiden Apartments, die sie sich gekauft hatten, zu wachsen begannen. Gerade hatte ihre Konversation, die sie mit viel Gesten geführt hatten, eine kurze Pause eingenommen. Als einer der beiden Männer dabei war, sie wieder aufzunehmen, läutete ein Handy. Offenbar hatten sie auch den gleichen Klingelton, denn beide griffen in die Sakkotaschen, doch nur bei einem läutete es wirklich: er blickte auf den Bildschirm, erkannte die Nummer mit österreichischer Kennzahl und nahm den Anruf entgegen. Noch bevor er sich meldete, kam es durch den Hörer: »Dušan, bist Du's?« »Ja, klar, wer soll es denn sonst sein?«, antwortete er leicht irritiert. »Hör mal, bist Du alleine?« »Nein, Mirko ist neben mir – worum geht's?« »Du musst was für mich erledigen, oder besser: ihr beide. Und auch nicht für mich, sondern für … das ist jetzt egal.« »Mach's nicht so spannend. Was sollen wir erledigen. Aber so wie ich Dich kenne, geht's eher darum, WEN wir erledigen sollen …« »Spinnst Du, wie kannst Du so etwas laut ins Handy sagen!« »Mach Dir keine Sorge, wir sitzen hier ganz alleine und der Baustellen-Lärm, der dringt eh bis zu Dir durch, oder?« »Ja, ich hab' mich schon gewundert, wo Du Dich rumtreibst. Aber, wo bist Du denn?« »In Podgorica, wo ich hingehöre, was glaubst Du?« »OK, egal, Du setzt Dich jetzt mit Mirko in Deinen Wagen und fährst nach Österreich, genauer, nach Kärnten. Wenn Du dort bist, ruf mich wieder an, dann bekommst Du genauere Informationen …« »OK, aber was schaut für uns dabei raus?« »Keine Sorge, wir haben Dich immer gut entlohnt, dabei bleibt es auch diesmal. Ihr werden zufrieden sein, das kann ich garantieren!« Noch bevor Dušan darauf erwidern konnte, war die Verbindung schon getrennt.

Dušan schilderte Mirko den dürftigen Inhalt des Gesprächs. Dann fuhren sie zum Haus ihrer verstorbenen Eltern, wo sie sich für die Zeit ihres Aufenthaltes in Montenegro einquartierten, packten notdürftig ein paar Kleidungsstücke zusammen, nahmen die zwei Pistolen, die sie im Kasten im Vorraum versteckt hatten und fuhren zur Autobahn Richtung Norden.

Bülent brauchte etwa eine Dreiviertelstunde, bis er zuhause angekommen war. Er öffnete das Haustor, ging am Gang entlang. Martina stand in der Küche, ihren Rücken zur Türe gewandt. Sobald sie ihn sah, stützte sie ihre Hände in die Hüften und blickte ihn vorwurfsvoll an. »Wo warst du so lange?« Sie hatte sich diese Frage längere Zeit überlegt, es sollte nicht zu scharf formuliert sein, aber doch ihren Zorn wiedergeben, dass dieses „dienstlich", mit dem er sie beim Wegfahren abgespeist hatte, diesmal überstrapaziert wurde. Bülent setzte sich an den Küchentisch und erzählte Martina, was er in den vergangenen Stunden erlebt hatte – von Erich, seinen schweren Verletzungen, von den beiden Männern, die er bei ihrer Flucht – auch wenn er das zu diesem Zeitpunkt nicht wusste – im Wald vorbeifahren sah. Nur die Geschichte mit der Festplatte behielt er für sich. Er vertraute Martina zwar hundertprozentig, doch irgendwie war ihm das jetzt doch zu heikel – er behielt sich vor, ihr davon später zu berichten. »Was willst Du jetzt machen?«, fragte sie ihn, als er aufstand, zum Kühlschrank ging und sich ein kaltes Getränk herausnahm. »Ich weiß es selbst nicht. Ich glaube, als erstes fahre ich ins Krankenhaus und sehe nach, wie es Erich geht. Hoffentlich lassen sie mich überhaupt zu ihm, ich bin ja schließlich kein Verwandter.« »Aber kennst Du nicht den Walter, äh, Walter … äh, Petschaunig. Der ist doch ein alter Freund von Dir, arbeitet der nicht im Krankenhaus?« Bülent blickte sie erstaunt an. »Du hast recht, wieder einmal. Natürlich. Ach, wenn ich Dich nicht hätte. Ich weiß zwar nicht, in welcher Abteilung er beschäftigt ist, doch er kann mir sicher helfen.« Bülent zog sein Handy aus der Hosentasche, tippte einige Male darauf und nahm es dann zum Ohr. Nach ein paar Sekunden meldete sich eine Stimme: »Dr. Petschaunig?!« »Walter, ich bin's, Bülent. Hast Du ein paar Minuten Zeit?« Bülent schilderte ihm vom Anschlag auf seinen Freund Erich, dass dieser wohl ins Landeskrankenhaus nach Klagenfurt gebracht wurde und dass er ihn besuchen möchte. »Weißt Du«, fügte er hinzu, »es ist ein bisschen heikel, ich will nicht, dass großes Aufsehen um ihn oder um meinen Besuch gemacht wird.« Dr. Petschaunig war ein wenig erstaunt, doch er wollte diesen letzten Satz nicht hinterfragen.

»Weißt Du was: ich erkundige mich einmal, wie es ihm geht, ob er überhaupt ansprechbar ist und ob er Besucher empfangen kann. Dann rufe ich Dich zurück, OK?« Nicht, ohne sich noch zu bedanken, beendete Bülent das Gespräch. »Was hat er gesagt?«, fragte Martina fast ein wenig ungeduldig. »Er meldet sich wieder«, gab Bülent zurück und merkte gleich, dass er Martina mit dieser Auskunft nicht befriedigt hatte. »Also, er wird sich erkundigen, wie es ihm geht, ob man ihn besuchen kann, dann höre ich wieder von ihm.«

Bülent war auf dem Weg ins Klinikum Klagenfurt. Dr. Petschaunig hatte ihn noch am Abend zuvor angerufen und ihn mit den notwendigen Informationen versorgt: Erich habe schwere Verletzungen, die seien aber nicht lebensgefährlich, er sei auch ansprechbar, der Stationsarzt wisse über Bülents Besuch Bescheid, ausgemacht sei, dass dieser nicht länger als eine Viertelstunde dauern dürfe. Vor der Spitalseinfahrt angekommen, orientierte sich Bülent an den Hinweis-Schildern. Aus dem Internet wusste er, dass man *über die Tiefgarage direkt in das Chirurgisch-Medizinische Zentrum* kommt – und diesen Weg schlug er auch ein. Es war wenige Minuten vor zehn Uhr am Vormittag, so wie es ihm Dr. Petschaunig vorgeschlagen hatte. Er nahm den Lift in den 2. Stock, blieb kurz beim Fenster der Stationsschwester stehen und erkundigte sich nach der Zimmernummer von Erich Grössling. „211", sagte sie, kurz angebunden, ohne ihn nach seinem Namen zu fragen. Ganz offensichtlich hatte sein Freund Petschaunig alles vorbereitet. Bülent blickte sich um, sah rechts vor sich die Nummer 208 und ging in diese Richtung weiter. Vor der Türe mit 211 blieb er stehen, überlegte ob er anklopfen sollte oder nicht und entschied sich dann, die Türe zu öffnen.

ORF, 18. August 2023, Kurz wird angeklagt

Nach langem Hin und Her ist es nun fix: Ein Strafantrag gegen Ex-Bundeskanzler Sebastian Kurz (ÖVP) ist am Freitag eingebracht worden, Kurz wird also angeklagt. Er soll, so der Vorwurf, im „Ibiza"-Untersuchungsausschuss falsch darüber ausgesagt haben, inwieweit er in die Pläne rund um die Staatsholding ÖBAG eingebunden war. Kurz selbst hatte mit der Anklage gerechnet – er geht von einem Freispruch aus.

»Irgendjemand muss da oben gewesen sein!« Mirko saß am Steuer eines schwarzen Geländewagens, Dušan am Beifahrersitz. Hinten am Rücksitz hatte ein dritter Mann Platz genommen, der, halb sitzend, halb liegend, eingeschlafen war. Es war Štepan, der von Graz aus zu dem vereinbarten Treffpunkt gekommen war. Die beiden Brüder hatten ihn von unterwegs angerufen und ihn aufgefordert, zum Parkplatz der Trögerner Klamm zu kommen. So als hätten sie es geahnt, dass bei ihrer Flucht etwas schief gehen könnte, hatten sie nun ein weiteres Fahrzeug, um sich rasch aus der Klamm zu entfernen. Štepan war ebenfalls Montenegriner, sie kannten einander aus Jugendjahren, mit ihm hatten die beiden schon einige Einbrüche verübt. Štepan war gelernter Schlosser, was sich bei ihren (Un-)Taten immer als praktisch herausstellte. »No ja, immerhin ist uns der Einsatzwagen begegnet, der wird ja wohl nicht zur Jagd nach oben gefahren sein – den muss jemand verständigt haben.« »Mach Dir keine Sorgen, um diese Jahreszeit besuchen immer wieder Gäste die Herberge da oben, da werden wir ja nicht besonders aufgefallen sein.« Mittlerweile hatte sich das enge Tal erweitert, sie waren kurz vor Bad Eisenkappel. Schon dachten sie, sie hätten die schlimmste Wegstrecke hinter sich, da wurde es wieder eng: Felsen, Straße, Geländer, Abhang, Fluss. Hinter der Biegung tauchte plötzlich ein riesiger Traktor auf, die Vorderreifen waren fast so hoch wie ihr Geländewagen. Das Fahrzeug war so breit, dass Mirko scharf bremsen musste, um nicht überrollt zu werden. Sie kamen gerade rechtzeitig zum Stehen, der Traktor mit seinem Anhänger, auf dem sich Heuballen befanden, stand nur wenige Zentimeter am Rand des steilen Abhangs. Mirko wollte sich auf keine Diskussionen einlassen, legte den Rückwärtsgang ein und fuhr langsam zu jener Stelle, an der beide Wagen aneinander vorbeikonnten. »Noch einmal gut gegangen«, sagte er zu Dušan und blickte nochmals in den Rückblick-Spiegel, um sich zu vergewissern, dass Štepan trotz der Schnell-Bremsung, nicht vom Sitz gefallen war.

Mirko griff in seine Sakko-Tasche und holte einen leicht zerknüllten Zeitungsartikel heraus. Er reichte ihm seinem Bruder: »Lies das!«

Dušan blickte ihn erstaunt an. »Was, jetzt während der Fahrt?« »Du fährst ja eh nicht, also lies!« Dušan faltete das Papierstück auseinander und begann zu lesen: *Es ist ein Schlag für das touristische Angebot in der Region Klopeiner See – Südkärnten. Wie der Kreditschutzverband von 1870 am heutigen Donnerstag, 16. Februar, verlautbarte, ist die Schifffahrt Südkärnten GmbH, mit Sitz in St. Kanzian, als Betreiberin der MS Magdalena, insolvent. Die Passiva belaufen sich auf 150.000 Euro, die Aktiva auf rund 78.000 Euro. Die Aktiva beziehen sich auf den Wert des Schiffes, das jedoch zugunsten einer Bank verpfändet ist. Der Schifffahrtsbetrieb auf der Drau steht aber schon seit dem Jahr 2021 still.* »Wir suchen einen Kapitän mit Lizenz und Servicepersonal«, *erklärte Michael Mori, Geschäftsführer der Schifffahrt Südkärnten GmbH, im Vorjahr gegenüber der Kleinen Zeitung. Der bisherige Kapitän ging 2020 von Bord und ist nicht mehr Teil der „Erlebnisschifffahrt" auf der Drau.* »*Die Corona-Pandemie hatte negative Auswirkungen auf die Schifffahrt*«, *führte Mori damals weiter aus. Im Moment wisse man nicht, wie es weiter gehen kann. Das Schiff zu verschrotten wäre die allerletzte Lösung.*

Dušan legte den Artikel auf seine Oberschenkel und wartete auf eine Erklärung seines Bruders. »Ich habe den Artikel aufgehoben, weil ich mir einmal das Schiff ansehen wollte, eventuell um es zu kaufen. Doch jetzt kommt mir ein anderer Gedanke. Wir fahren da jetzt hin – tippe ›Draubrücke‹ ins GPS!«, sagte Mirko, »da steht das Schiff, und wird wohl noch längere Zeit dort so stehen.« »Willst Du es kaufen oder willst Du gar eine Drauschifffahrt mit mir unternehmen – vergiss es!« »Ich erklär' es Dir, wenn wir dort sind.« Mittlerweile hatte das Navigationssystem die Spur aufgenommen, sie fuhren durch Sittersdorf, danach entlang am Gösselsdorfer See, weil es dunkel geworden war, sahen sie ihn nur als blaue Fläche am Navi, zwölf Minuten später waren sie an der Draubrücke angekommen. Doch von einem Schiff oder gar einem Hafen war nichts zu bemerken. Mirko fuhr über die Brücke, bog danach nach links ab und blieb stehen. »Das gibt's ja nicht«, sagte Mirko mehr zu sich selbst als zu seinem Bruder, »das Schiff muss doch zu sehen sein. Gib mir den Artikel.« Dušan reichte ihm den Zeitungsausschnitt. Mit der Handykamera leuchtete Mirko auf das Papier. Dann war Stille. »Verdammt, das gibt's ja nicht. Offensichtlich steht das Schiff bei einer anderen Draubrücke. Aber ich habe keine Ahnung, wo die ist.« Štepan war inzwischen aufgewacht und hatte die Konversation mitverfolgt. Nun beugte er sich von hinten zu den beiden Brüdern nach vorne. »Klar gibt es noch eine zweite Draubrücke. Ich kenne sie auch besonders gut – vor ein paar Jahren war ich bei einer Baufirma, als die Brücke saniert wurde. Gib einfach ›Tainach‹ ein, dann kommen wir direkt dort hin.« Tatsächlich standen sie eine Viertelstunde später auf dem Parkplatz vor der Anlegestelle. Vom Boot selbst war kaum etwas zu sehen, nur das Geländer reichte ein wenig über die Uferböschung hinaus. Mit Hilfe der Scheinwerfer war noch ein Steg zu erkennen, der über die Böschung zur „Magdalena" führte. Mirko nahm die Festplatte an sich, die er sicherheitshalber unter dem Fahrersitz verstaut hatte. Sie war in einem grauen Plastiksack eingewickelt, der extra für elektronische Geräte verwendet wurde. Štepan öffnete die hintere Türe um auszusteigen, doch fast gleichzeitig herrschten ihn die beiden Brüder an, sitzenzubleiben. Mirko und Dušan standen ein paar Augenblicke neben dem Fahrzeug, um sich an die Dunkelheit zu gewöhnen. Dann gingen sie auf die Treppe zu, erklommen die sieben Stufen und wurden von einer Kette aufgehalten, die den Zugang aufs Schiff absperrte. Viel Mühe hatten sich die Betreiber der Schiffsfahrt freilich nicht gemacht, denn man konnte sie leicht überwinden, indem man einfach darüber oder auch darunter stieg. Als sie auf dem Boot angekommen waren, entdeckten sie das nächste Hindernis: die Türe war verschlossen. Auch wenn sie bisher kein Licht machen wollten, um nicht von einem vorbeifahrenden Autolenker entdeckt zu werden, jetzt musste das Handy herhalten. Freilich: für die geübten Einbrecher erwies sich das Schloss als leicht zu knacken. Dušan griff in seine Jackentasche, holte sein Spezialwerkzeug hervor, steckte ein schmales Stahlblättchen in das Schloss, drehte ein wenig hin und her und schon war der Zugang frei. Abgestandene, leicht faul riechende Luft strömte ihnen entgegen.

Sie waren im Oberdeck. Mirko ging mit dem Handy-Licht vorsichtig um. Rechts vor ihm sah er eine Türe, die offensichtlich in die Kapitäns-Kajüte führte, links war deutlich der Passagier-Raum mit Tischen und Stühlen zu erkennen. »Wir müssen die Klappe für den Maschinenraum finden, das ist unser bester Platz!« »Bester Platz? Was hast Du vor, Mirko?« »Ich will das Ding vorerst loswerden. Es kann ja gut sein, dass der junge Mann in Trögern doch überlebt hat und vielleicht sogar die Polizei auf uns hetzt. Wenn die dann die Festplatte finden, war alles umsonst – und ich meine das im besten Sinne des Wortes. Dann bekommen wir auch nicht unser Geld.« Dušan begann mit den Füßen auf den Boden zu stampfen. Tatsächlich hörte sich das Geräusch wie ein darunter liegender Hohlraum an. Mirko schaltete das LED-Licht seines Handys ein und leuchtete den Boden ab. Zwei Scharniere im Abstand von einem halben Meter zeigten an, wo sich der Abgang in den Motorraum befand. Sie hoben die schwere Platte hoch, befestigten sie mit der Eisenstange in einer 45 Grad-Stellung und stiegen die Treppe hinunter. Als sie unten ankamen, mussten sich Mirko und Dušan gebückt fortbewegen, so niedrig war der Raum. »Aua, Scheiße!«, schrie Dušan plötzlich

auf, er hatte nur auf den Boden geblickt und dabei übersehen, dass in Kopfhöhe ein Rohr quer über den Schiffsrumpf montiert war. Mirko leuchtete ihm ins Gesicht:
eine kleine Platzwunde ließ von seiner rechten Stirnseite
Blut auf die Augenbraue rinnen. An der Wand fanden
sie eine fast verbrauchte Papierrolle, die ein Mechaniker
offenbar zum Abwischen seiner Hände verwendet und
dann liegen gelassen hatte. Dušan riss ein Stück ab und
tupfte damit vorsichtig die Wunde ab. Mirko drehte sich
einmal um die eigene Achse und folgte dem Kegel des
Handy-Lichts. Ein wirklich geeignetes Versteck für die
Festplatte war nicht auszunehmen. In einem Eck stand
eine kleine Kiste, in der sie Werkzeug vermuteten. Doch
als sie sie öffneten, merkten sie, dass sie beinahe leer war.
Mirko nahm die Festplatte, legte sie hinein und deckte
sie mit einem ölverschmierten Tuch zu. Darauf platzierte
er noch zwei Schraubenschlüssel und eine Zange. Dann
schloss er den Deckel der Kiste und machte sich gemeinsam mit seinem Bruder auf dem Weg nach oben. Sie
legten die schwere Platte wieder über den Abgang und
verließen die „Magdalena" auf dem gleichen Weg, über
den sie gekommen waren. Als sie beim Auto ankamen
und nach Štepan Ausschau hielten, war dieser wie vom
Erdboden verschluckt.

Das Krankenzimmer war abgedunkelt. Die heruntergelassenen Jalousien ließen nur gerade so viel Licht in den
Raum, dass sich Bülent ein wenig orientieren konnte.
Das Bett stand in der Nähe des Fensters, aus Erichs geöffneten Mund lief ein durchsichtiger Plastikschlauch zu
einer Maschine, die direkt daneben aufgebaut war. Am
Monitor konnte man die Herztöne sehen und hören, als

Bülent näherkam, registrierte er die Zahl 104 – das waren die Schläge pro Minute. Offensichtlich hatte Erich auch hohes Fieber und auch für diesen Zustand fand Bülent eine Zahl am Monitor: 39,6. Ein zweiter Schlauch, der von einer mit einer Flüssigkeit gefüllten Tropf-Flasche ausging, verschwand in der Mitte der Bettdecke. Bülent schob einen Sessel heran und setzte sich. Vorsichtig umfasste er mit seiner Hand den Unterarm Erichs, gleichzeitig glaubte er ein leichtes Zucken im Gesicht seines Freundes zu entdecken. Die Augen waren geschlossen. Aus dem Mund vernahm man leises röcheln. Viel sagen wird er mir nicht können, dachte Bülent, aber jedenfalls soll er spüren, dass jemand bei ihm ist. Ob seine Eltern schon Bescheid wissen? Bülent war ihnen nur einmal bei einem Heurigen begegnet, Erichs Vater unterrichtete Geographie und ... und ... irgendeinen zweiten Gegenstand, Bülent erinnerte sich nicht mehr, und seine Mutter war in einem Versicherungsunternehmen ... Wiener Städtische ... ja, das war es. Er kannte den Vornamen weder des einen noch der anderen. Doch er hatte aus Trögern Erichs Handy mitgenommen. Er nahm es aus seiner Brusttasche. Eigentlich wollte er mit Erich darüber sprechen, wie man mit Hilfe des GPS die Festplatte orten könne, doch das war nun nicht möglich: aufwecken konnte und wollte er ihn nicht und ob er überhaupt zum Sprechen in der Lage wäre, erschien ihm auch zweifelhaft. Bülent blickte aufs Handy und sah, dass am schwarzen Bildschirm ein weißer Kreis aufleuchtete, der einen Fingerabdruck anzeigte. Das muss es sein, dachte Bülent, hob vorsichtig die Bettdecke hoch und schob das Telefon unter Erichs rechten Daumen. Dann drückte er leicht darauf – tatsächlich, das Handy war frei zugänglich. Bevor er nun nachsehen wollte, ob Erichs Eltern eventuell als „Mutter" oder „Vater" eingespeichert waren, musste er zu „Einstellungen", um die Entsperrung aufzuheben. Als er das erledigt hatte, wollte er aufstehen und das Zimmer verlassen. Doch Erich ließ ihn nicht gehen. Er hatte beide Augen einen Schlitz weit geöffnet und griff mit seiner Hand nach Bülent. »Alles wird gut!«, flüsterte Bülent, nachdem er sich zu Erichs Kopf hinuntergebeugt hatte. »Mach Dir keine Sorgen, Du bist in guten Händen!« So saß Bülent noch einige Minuten neben dem Bett bis er bemerkte, dass Erich wieder eingeschlafen war. Dann zog er seine Hand zurück, stand auf und verließ das Krankenzimmer.

Das Landeskriminalamt hatte den Vorfall in Trögern längst aus der Hand der Polizisten von Bad Eisenkappel genommen. Die beiden Beamten, die vor Ort waren, hatten selbst erkannt, dass dieser Mordanschlag eine Nummer zu groß für sie war. Als sie dann noch erfuhren, dass der Schwerverletzte ein Mitarbeiter des Bundeskanzleramtes war, waren sie sogar froh, die Sache erfahrenen Profis übergeben zu können. Doch auch dort war man anfänglich überfordert: es gab keine offensichtliche Erklärung dafür, was es mit dem Fahrzeug mit montenegrinischen Kennzeichen auf sich hatte, das sie an der Stelle aufgefunden hatten, wo ein Bergrutsch die Straße versperrt hatte. Natürlich hegten sie den Verdacht, dass die Insassen (oder war es nur ein einzelner?) im Gasthaus waren und etwas mit dem Mordanschlag zu tun hatten. Aber sie konnten genauso gut gestresste Manager gewesen sein, die dort Erholung suchten. Aus den Meldezetteln war jedoch bald ersichtlich, dass sie nicht im Hotel gewohnt hatten. Das machte sie (oder eben den einzelnen) verdächtig, andererseits könnten sie auch zum Pilze-sammeln am Berg gewesen sein. Doch dann erschien es mehr als seltsam, dass der Wagen dort zurückgelassen wurde. Nun hing alles von der Arbeit der Spurensiche-rung ab. Gibt es Fingerabdrücke? DNA-Spuren? Konnte man anhand der Schuhsohlen – wenn deren Abdrücke überhaupt sichtbar gemacht werden können – an den oder die Täter herankommen? Und dann war da noch das Opfer. So ungewöhnlich war es wiederum nicht, dass ein Angestellter des Kanzleramtes in dieser einsa-men Gegend Erholung sucht – eine Woche kein Handy, keine Zeitung, kein Fernsehen, kein Radio, kein Inter-net, keine E-Mail. Abschalten im wahrsten Sinne des Wortes. Doch warum wollte ihn dann jemand töten? Die Brieftasche hatte er bei sich, das stellte sich im Kranken-haus heraus, vom Handy gab es keine Spur. Hatten es die Täter mitgenommen oder war er ohne angereist, weil er ohnehin wusste, dass es oben keinen Empfang gab? Andererseits: am Weg von Wien nach Kärnten hätte er ja telefonieren können, ebenso war es wahrscheinlich, dass er die Wegstrecke in die Navigations-App eingegeben hatte. Fehlten sonst irgendwelche Wertsachen? Aus der ursprünglichen Befragung der Gastgeber war nicht viel herauszufinden gewesen. Sie schilderten ihn als freundli-chen jungen Mann, der den Aufenthalt relativ kurzfristig gebucht hatte, er war erst am selben Nachmittag ange-kommen und hatte sich – nach Erledigung der Bürokra-tie – gleich in sein Zimmer verzogen.

Der Besucher, der den Rettungshubschrauber und die Polizei verständigt hatte, sollte noch heute ins Landes-kriminalamt kommen. Von ihm erwarten sich die Be-amten noch am ehesten brauchbare Hinweise. „Bülent

Erdovan", das machte die Kriminologen stutzig, klang zwar türkisch, doch einer der Beamten wusste, dass er den Namen schon öfter in einem Nachrichtenmagazin als Autor von Aufdecker-Stories gelesen hatte. Vielleicht, so vermuteten sie, war er an einer Geschichte dran? Etwas, worüber Erich Grössling Bescheid wusste und er das mit dem Erdovan teilen wollte.

Pünktlich um 11 Uhr erschien Bülent im Landeskriminalamt. Er erkundigte sich nach einem Herrn Andreas Steinkellner, mit dem er am Vorabend telefonisch den Termin ausgemacht hatte. Sein Büro, so wurde ihm vom Portier mitgeteilt, lag im vierten Stock, (»Sie können eh den Aufzug nehmen!«) gleich gegenüber der Lifttüre, hinter dem Aufenthaltsraum. Bülent schritt durch den leeren Raum, klopfte an, ein dumpfes, aber deutliches „Herein" ließ ihn die Türschnalle drücken. Im Büro stand ein moderner Schreibtisch mit einem Flachbild-Monitor, auf der gegenüberliegenden Seite saßen zwei Beamte an einem niedrigen ovalen Tisch, jeder hielt ein Tablet in der Hand. Steinkellner war von durchschnittlicher Statur, er trug einen braunen Anzug, ein blau gestreiftes Hemd mit offenem Kragen und hatte eine verheilte Wunde, die sich von der Mitte des Kinns bis zur Wange zog. Doch bevor Bülent noch überlegen konnte, ob das ein Schmiss oder doch nur eine ganz normale Verletzung war, reichte ihm Steinkellner schon die Hand. Durch das Fenster hinter ihm konnte Bülent den großen, trostlosen Messe-Parkplatz von Klagenfurt erkennen, ein sichtbares Beispiel dafür, dass Kärnten bei der Bodenversiegelung an erster Stelle lag. »Steinkellner! Sie sind Herr Erdovan, nehme ich an?« »Bülent Erdovan,

Guten Tag!«»Das sind meine Kollegen Walter Drechsler und Gerhard Starmusch«, sagte Steinkellner und zeigte auf die zwei Kollegen. Die beiden Polizisten hatten sich mittlerweile von ihren Plätzen erhoben und streckten Bülent ebenfalls die Hände entgegen. »Nehmen Sie doch Platz, darf ich Ihnen etwas zu trinken anbieten?«»Ein Wasser, wenn es kein Problem bereitet.«

Steinkellner bückte sich zu einem Kühlschrank, der in der Ecke stand, öffnete ihn und nahm eine Flasche Mineralwasser heraus. Dann reichte er Bülent noch ein Glas und alle setzten sich an den Tisch. »Danke, dass sie gekommen sind. Wie geht es Herrn Grössling?« Bülent zuckte kurz zusammen – woher wissen die, dass ich Erich im Krankenhaus besucht habe? Da fiel ihm ein, dass er am Abend zuvor im Telefongespräch mit Steinkellner wohl erwähnt haben muss, dass er nach dem Spitalsbesuch im Landeskriminalamt vorbeikommen könnte. »Ich habe mit keinem Arzt gesprochen, also weiß ich nicht wirklich, wie es ihm geht. Ich war nur kurz im Zimmer, sprechen kann er ohnehin nicht, weil er einen Schlauch im Mund hat. Aber zumindest hatte ich den Eindruck, dass er mich wahrgenommen hat.« »Das ist erfreulich. Wir müssen auch so schnell es geht mit ihm reden, ohne seine Hilfe wird es kaum möglich sein, die Täter zu finden und die Hintergründe aufzuklären. Aber Sie können uns sicher auch weiterhelfen, Herr Erdovan?« Und Bülent begann zu erzählen, wie er von Erich angerufen worden war und er vorgeschlagen hatte, sich in Trögern zu treffen (»Wir sind schon seit mehreren Jahren befreundet, nicht eng, aber ganz gut!«) Erich wusste, dass sich Bülent häufig in Kärnten aufhielt und da schien das eine gute Gelegenheit, einmal abseits der Politik zusammenzukommen. Dass es einen besonderen Grund gab, sich zu treffen, ließ Bülent in seiner Schilderung den Polizisten gegenüber aus. Wegen des Erdrutsches musste er das letzte Stück nach Trögern zu Fuß gehen, er erzählte auch, dass er immer wieder Abkürzungen suchte und daher ein Fahrzeug, das von oben mit relativ hohem Tempo ins Tal fuhr, hauptsächlich gehört, aber kaum gesehen hatte. »Was haben Sie denn gesehen?«, unterbrach ihn Steinkellner. »Ein schwarzes Dach von einem SUV und, ich glaube, es waren zwei Personen drin. Wenn ich mich recht erinnere, waren es ziemlich kräftige Gestalten, jedenfalls nach ihrer Kopfform zu schließen – mehr habe ich nicht gesehen.« Bülent machte eine Pause, er schien nachzudenken. Gleichzeitig sah er, wie die beiden Beamten Notizen auf ihre Tablets schrieben. Als keine Fragen folgten, schilderte Bülent was er dann, im Gästehaus angekommen, sah: den blutigen Erich Grössling, auf den er durch dessen Hilferufe aus seinem Zimmer gestoßen war. Nein, er habe kaum etwas angefasst, nur das Leintuch, das er in Streifen gerissen hatte und dann versuchte, damit die schwer blutende Wunde zu stillen. »Und hat Ihnen der Verletzte etwas über den Überfall erzählt? Hat er die Männer ge- oder erkannt?« Die Festplatte wollte Bülent keineswegs erwähnen und schon gar nicht, dass Erich irgendetwas von einem GPS-Chip gesprochen hatte, mit dem man die Hard-Disk auffinden könnte. »Er war unfähig zu sprechen, ich würde sagen, er war ohnmächtig. Ich habe versucht, ihm ein bisschen Wasser zu trinken zu geben, doch er war nicht in der Lage zu schlucken.« »Irgendetwas, was Ihnen sonst noch aufgefallen ist?«, fragte Steinkellner. Bülent dachte nach. »Nicht wirklich«, sagte er wenig überzeugend. »Nicht wirklich?«, wiederholte Steinkellner. »Doch noch etwas?« »Ich weiß nicht, ob das mit dem Fall zusammenhängt, aber als ich mich später mit meinem Wagen dem Parkplatz genähert habe, ist mir ein Fahrzeug aufgefallen, wieder so ein schwarzes, das ziemlich in Eile von dort wegfuhr. Das der Männer, die von oben runterfuhren, kann es ja nicht gewesen sein, weil die ja am Erdrutsch nicht vorbeikamen. Vielleicht hat dort noch jemand auf sie gewartet.« Steinkellner und die beiden anderen Beamten notierten sich die Aussage Bülents akribisch, fragten nochmals nach, ob er irgendwelche weiteren Erinnerungen hatte und als dieser verneinte, durfte der Journalist das Landeskriminalamt wieder verlassen.

ORF, 18. September 2023

Die spanische EU-Ratspräsidentschaft warnt die Staatengemeinschaft vor einer Abhängigkeit von China bei Lithium-Ionen-Batterien und Brennstoffzellen. Ohne Gegensteuern könnte die EU dort bis 2030 genauso abhängig von China werden, wie sie es bei der Energieversorgung von Russland vor dem Krieg in der Ukraine gewesen sei, heißt es in einem für die Staats- und Regierungschefinnen und -chefs der EU erstellten Strategiepapier.

Sehr zum Missfallen von Martina waren sie schon am nächsten Tag wieder aus Kärnten abgereist. Doch Bülents Frau war inzwischen eingeweiht. Sie wusste nun auch von der Festplatte, die er unbedingt auffinden wollte. Und dass er ganz sicher nicht den Behörden davon erzählen wollte. Also musste er sich Hilfe von anderer Stelle holen. Es war eine verrückte Idee, doch irgendwie spukte der nebenbei gemachte Hinweis der Dame, die er in Kindberg getroffen hatte, dass ihre Tochter beim britischen Geheimdienst MI5 arbeitete, in seinem Kopf. Er wusste natürlich nicht, welche Funktion sie dort hatte: war sie eine einfache Sekretärin, in einer höheren Funktion tätig, oder gar eine ausgebildete Agentin?

So hatte er bei ihrer Mutter in Kindberg angerufen und dabei erfahren, dass sich Edith, die Tochter aus London, gerade eine mehrwöchige Auszeit genommen und bei ihr eingemietet hatte. Als sie ans Telefon kam, war sie nicht gerade begeistert, als Bülent sie fragte, ob sie zu einem Gespräch mit ihm bereit sei. Auf ihre Frage, worum es ginge, sagte er nur, dass er darüber nicht am Telefon sprechen wollte. Das wiederum machte sie neugierig und sie willigte in ein Treffen ein.

Wieder diente die Bäckerei „Pesl" als Treffpunkt. Martina wusste, dass es besser wäre, wenn sie sich nicht aufdrängen würde und verabschiedete sich mit einem Spaziergang durch den Wochen-Markt, der parallel zur Hauptstraße Obst, Gemüse, Blumen, Wurst, Eier und dergleichen anbot. Bülent schritt durch die Eingangstüre, die sich automatisch öffnete, in die Bäckerei, wurde dort von der Verkäuferin wie ein alter Freund begrüßt und deutete mit der linken Hand, dass er sich nach hinten in die Stube begeben würde. Ohne dass sie das ausgemacht hatten, hatte sich Edith den hintersten Raum ausgesucht, der normalerweise nur für Teeseminare geöffnet wurde. Durch die Glastüre sah Bülent Erdovan eine schlanke, etwa 50-jährige Frau mit einem hellbraunen Kurzhaar-Schnitt. Sie trug einen blass-rosa, kurzärmligen Pullover, unter dessen Kragen ein schmaler Streifen eines weißen T-Shirts hervorblickte. Sie saß ganz alleine. Vor ihr stand eine Tasse Kaffee, auf einem weißen Teller waren noch Krümel von einem Gebäck zu erkennen. Als sie sich zu ihm drehte, sah er ihr in die Augen, die hell hinter den ovalen Brillengläsern hervorleuchteten – noch konnte er die Farbe nicht genau erkennen. Er öffnete die Türe, stellte sich vor, sie reichte ihm die Hand und erwiderte mit einem leicht verzögerten Lächeln: »Edith Brown-Berger, aber sagen Sie einfach Edith zu mir.« »Bülent Erdovan, ich bin Bülent.« Er setzte sich ihr gegenüber und wartete einen Augenblick. Würde sie ihm jetzt gleich Fragen stellen oder sollte er beginnen. Noch ehe er sich überlegt hatte, wo er bei seiner Geschichte beginnen sollte, war sie schon am Wort: »Wie kann ich Ihnen helfen?« Bülent war sich im Klaren, dass er alles auf den Tisch legen musste. Doch bevor er Edith mit allen Details konfrontieren wollte, musste er sie ausfragen, welche Erfahrung sie in England gesammelt hatte. »Können Sie ein bisschen etwas von sich erzählen, ich meine Ihre berufliche Tätigkeit?« »So gut das geht, mache ich das gerne.« Und Edith erzählte, dass sie nach dem Studium an der Londoner School of Economics and Political Science bei Scotland Yard begonnen hatte. Dort war sie in der „Economic Crime Division" tätig, wo sie neben Fällen, die mit Wirtschaftskriminalität zusammenhingen, auch ganz stinknormale Basisarbeit gelernt hatte: wie man mit Waffen umgeht, wie man Täter allein mit Körpereinsatz überwältigt, worauf es beim Ausspionieren von Verdächtigten ankomme. Nach einigen Jahren, in denen sie sich von Abteilung zu Abteilung nach oben gedient hatte, landete sie dort, wo sie auch heute noch tätig ist: beim MI5 und dem Abhören verschlüsselter Telefongespräche krimineller Organisationen bzw. der Wiederherstellung gelöschter Nachrichten in diversen sozialen Apps, wie WhatsApp oder Telegram. »Allein bei uns in Großbritannien haben wir in den vergangenen Jahren auf diese Art und Weise über 400 Kriminelle hinter Schloss und Gitter gebracht«, erläuterte sie nicht ohne Stolz. Dabei spielte besonders der Schmuggel von Rauschgift eine große Rolle. Einmal sei es gelungen, zwei Tonnen Kokain auf einer Luxusyacht zu entdecken, die sich mit einem anderen Schiff, das aus Surinam kam, vor Barbados getroffen hatte und dann weiter an die englische Küste fuhr. Dort wurde die Crew dann festgenommen und das Rauschgift beschlagnahmt.

Bülent hörte interessiert zu, war sich aber nicht sicher, ob mit dieser Expertise sein „Fall" gelöst werden könne. Edith beendete an dieser Stelle ihre Erzählung und sah ihn erwartungsvoll an. »So, und was kann ich für Sie tun?« Bülents Geschichte war weder einfach noch kurz. Er begann mit der „Ibiza-Story", doch da unterbrach ihn Edith gleich, indem sie darauf verwies, dass sie als geborene Österreicherin diesen grotesken Aspekt der heimischen Innenpolitik genauer verfolgt hatte. Von der Festplatte, die das Kabinett des Bundeskanzlers kurz danach schreddern ließ, hatte sie damals allerdings nur als Überschrift gelesen, also ging Bülent hier mehr ins Detail. Als er gerade loslegte, kam die Bedienung in die Teestube. Bülent verstummte. Die Kellnerin blickte ihn fragend an, dann sagte sie: »No, Herr Erdovan, haben Sie sich schon entschieden?« Edith war erstaunt, dass man hier seinen Namen kannte, er musste wohl schon öfter eingekehrt sein. »Ich nehm auch einen Cappuccino und ein Croissant, wenn es noch eines gibt.« »Natürlich, ich bin gleich wieder zurück.« Die Kellnerin drehte sich um und verließ den Raum. Bülent holte Luft. Dann fuhr er fort. Der Kabinetts-Mitarbeiter hatte, entgegen landläufiger Meinung, doch noch eine Kopie gezogen und dieses Material vor zwei Tagen Bülent übergeben wollen. Doch dazu war es nicht gekommen, weil zumindest zwei – soviel er sehen konnte – südländische Männer diesen Erich in einer Gaststätte in Kärnten ausfindig gemacht hatten (wohl auf Auftrag eines Hintermannes, den es auch noch auszuforschen gilt …), ihn schwerstens verletzten und die Festplatte an sich nahmen. Aufgrund der politischen Umstände, so schilderte er Edith, wollte er sich nicht an die österreichischen Behörden wenden – das Innenministerium würde alles daran setzen, dass der Inhalt der Festplatte, so sie denn gefunden werde, nicht an die Öffentlichkeit gelange. »Und wie stellen Sie sich vor, dass wir – oder dass ich – hier helfen kann?«, fragte Edith, und Bülent glaubte hier eher Bescheidenheit als Gewissheit herauszuhören. »Da ist noch etwas, was Sie wissen sollten!« Bülent erzählte, was er aus den gehauchten Worten des verletzten Erich vernommen hatte: dass dieser eine Art GPS-Chip an die Festplatte geklebt hatte, mit dessen Hilfe man das Gerät wohl orten können müsste. »Da bräuchte ich ein paar genauere Angaben dazu. Was glauben Sie, wie viel derartige Chips allein in allen möglichen Fahrzeugen – von Fahrrädern über Autos bis hin zu Segeljachten – eingebaut sind?« Doch Bülent konnte ihr da nicht weiterhelfen, oder doch? Er hatte ja Erichs Handy mitgenommen, das er in seiner Rocktasche verstaut hatte. Als er es herausnahm und anklickte, war es wieder gesperrt. Seltsam, dachte Bülent, ich habe die Sperre ja aufgehoben, nachdem ich im Krankenhaus Erichs Daumen auf das Glas gedrückt hatte.

Edith lachte: »Ja, so geht's, wenn man sich nicht auskennt. Keine Sorge, ich habe da einen Trick, wie man auf gesperrte Handys relativ leicht Zugang bekommt. Wenn Sie es mir mitgeben, sehe ich mir das an und melde mich dann bei Ihnen.« Bülent hatte das Gefühl, das die Unterredung beendet sei, bedankte sich bei seinem Gegenüber, nicht ohne zu bemerken, dass er selbstverständlich die Rechnung übernehmen werde. »Ich rufe Sie an, sobald ich etwas weiß, unter der Voraussetzung, dass Sie mir Ihre Nummer geben«, rief Edith ihm nach, gerade als er dabei war, die Glastüre hinter sich zu schließen. Er drehte sich nochmals um, kam zurück, gab ihr seine Handynummer und verließ endgültig das Lokal. Draußen auf der Straße – oder besser: in der schmalen Fußgängerzone, die die Stadt vor ein paar Jahren neu errichtet hatte, blickte er sich nach Martina um. Sie musste irgendwo bei einem Marktstand stehen. Gerade als er die ersten Schritte dorthin machte, sah er im Augenwinkel, wie Martina zwischen zwei Männern, einer hielt ihr einen Gegenstand, der aus der Entfernung aussah wie eine Pistole, in den Rücken, zu einem Auto geführt und zum Einsteigen gezwungen wurde. Bülent drehte sich auf der Stelle um, rannte in Richtung des Wagens, konnte aber nur mehr sehen, wie die Männer mit quietschenden Reifen Richtung Autobahn davonrasten.

ORF, 26. September 2023

Der untergetauchte und weltweit per Haftbefehl gesuchte Ex-Wirecard-Manager Jan Marsalek wird von britischen Ermittlern verdächtigt, Teil eines Spionagenetzwerks für Russland gewesen zu sein. Das geht aus einer Mitteilung der britischen Staatsanwaltschaft hervor, deren Inhalt am Dienstag über Berichte in BBC und „Spiegel" publik wurde.

Auf dem Parkplatz vor der „Magdalena" bei der Draubrücke stand ein riesiger Tieflader und ein tonnenschwerer Hebekran. Zwei Kastenwägen, aus denen vier Monteure gestiegen waren, parkten ebenfalls davor. Vor zwei Stunden hatten sie begonnen, alles was auf dem Schiff nicht niet- und nagelfest war, abzuschrauben oder abzuflexen. Mittlerweile waren sie im Motorraum angelangt, das Dieselaggregat war der schwerste Teil, den sie abmontieren mussten. Sie warfen einen oberflächlichen Blick in die wenigen Kisten, die ebenfalls im Motorraum herumstanden und trugen je eine Kiste zu zweit nach oben und verluden sie in einen der Kastenwägen. Große Sorge bereitete ihnen vor allem die Trennung der Welle, die den Motor mit der Schiffsschraube verband. Mit einem Schweißgerät würde das Stunden dauern, doch nach längerer Untersuchung entdeckten sie unter einer Abdeckhaube dann auf der Welle vier Schrauben, die leicht zu lösen waren. Vom Oberdeck mussten sie noch das Dach entfernen, darunter einige Aluminiumplatten abschrauben und durch diese Öffnung konnten sie dann mit Hilfe des Krans den Motor herausheben. Das alles würde freilich noch ein paar Stunden dauern. Wenn das erledigt war – so hofften sie – würden sie das Schiff über die Kaimauer ziehen und auf den Tieflader verladen. Den Abtransport hinter die letzte Draustufe würden sie dann unter Polizeibegleitung in der Nacht vornehmen, mussten doch ganze Straßenabschnitte gesperrt werden, um das überbreite Gefährt über die Staatsgrenze nach Slowenien zu transportieren. Je länger die Arbeiten dauerten, desto mehr Neugierige beobachteten das Spektakel. Vor allem Radfahrer, die den Drau-Radweg benützten, machten eine Pause, aber auch Autofahrer, die am Weg von oder nach Klagenfurt unterwegs waren, wollten sich das Schauspiel nicht entgehen lassen: einige von ihnen waren selbst einmal auf der „Magdalena" unterwegs gewesen und bedauerten, dass diese Tourismus-Attraktion nun wohl ein Ende haben würde. Ein Zuseher beobachtete die Abbruch-Arbeiten mit Argusaugen. Es war Štepan, der von seinen beiden Kumpanen Mirko und Dušan allein gelassen worden war. Dabei hatte er nur abseits vom Parkplatz hinter einem Busch seine Notdurft verrichtet, während sie die Festplatte im Schiff versteckt hatten. Durch die Zweige hatte er wahrnehmen können, wie sie den Wagen starteten und ohne ihn davonfuhren. Er war so verblüfft, dass er nicht einmal schreien konnte. Zu dieser späten Stunde wollte er auch nicht mehr einfach bei einem der Häuser, die in der Nähe standen, anläuten und um ein Quartier bitten. Zu auffällig wäre gewesen, wenn er ohne irgendein Gepäck aufgetaucht wäre. Doch Štepan kannte die Gegend einigermaßen gut und er wusste, dass die Bundesbahn den Bahnhof Tainach-Stein, ganz in der Nähe, aufgelassen hatte. Dort musste es doch für ihn eine Art Schlafstätte geben. Tatsächlich gelang es ihm, ein Türschloss zu knacken und ins Innere zu gelangen. Mit dem Licht seines Handys tastete er sich langsam nach oben, im ersten Stock fand er ein Zimmer mit einem gedeckten Bett – es musste die Schlafstelle des Bahnhofvorstandes gewesen sein. Dort verbrachte er die Nacht.

Štepan blickte den Arbeitern genau zu. Er hatte natürlich keine Ahnung, wo Mirko und Dušan die Festplatte verstaut hatten, aber er war sich einigermaßen sicher, dass sie in eine der Kisten liegen würde, die die Männer gerade in den Van gebracht hatten. Was sollte er tun? Würde er jetzt die Gruppe der Schaulustigen verlassen und auf den Parkplatz zuschreiten, wäre das – vielleicht nicht allen – aber doch dem einen oder anderen der Herumstehenden aufgefallen. So entschloss er sich, einfach einen großen Bogen zu machen und von der anderen Seite auf die Kastenwägen zuzugehen, in der Hoffnung, die Arbeiter würden irgendwann alle auf einmal im Schiff zusammenkommen. Es dauerte auch nicht lange, da war keiner mehr zu sehen. Er schlich sich an einen der beiden Kastenwägen heran, die hinteren Türen standen ohnehin offen, und mit einem Sprung war er im Inneren. Da standen auch drei Kisten und, so schnell es ging, war er mit seinen Händen mitten im Werkzeug. Er ertastete Hämmer, eine Unzahl an Schraubenschlüsseln und Schraubenziehern, eine Wasserwaage, einen kleinen Schraubstock, eine Schachtel mit Metallbohrern, doch keine Festplatte. In der nächsten Kiste befanden sich nur mehrere Drahtspulen unterschiedlicher Stärke. Gerade als er dabei war, die dritte Kiste zu untersuchen, hörte er Stimmen, die sich dem Wagen näherten. Štepan blickte sich rasch um: ganz vorne an der Trennwand zur Fahrerkabine sah er eine dunkelgrüne Plastikplane. Er hob sie ein wenig auf, legte sich darunter und blieb reglos liegen. Er hatte sich gerade rechtzeitig versteckt, denn schon spürte er den Wagen schaukeln, offenbar hatten wieder zwei Arbeiter einen schweren Gegenstand auf der Ladefläche verstaut. Sie waren gefährlich nah an ihn herangekommen, zumindest hatten sie – was immer sie da getragen hatten – irgendetwas Hartes ganz nahe an seinen Körper geschoben. Danach waren sie wieder nach draußen getreten. Štepan hob die Plane ein wenig nach oben und überzeugte sich, dass die Männer ihn nicht sehen konnten. Er stand auf, ging nochmals zur dritten Kiste und tatsächlich: da war sie, die Festplatte. Er erkannte sie gleich am Kabel, das noch dranhing und mit dessen Hilfe man sie an einen Laptop anschließen konnte. Er steckte sie in seine Hosentasche, schlich vorsichtig zum Ausgang, blickte sich um und verschwand auf dem gleichen Weg, auf dem er gekommen war.

Martina fürchtete sich zu Tode. Kaum hatte man sie auf den Rücksitz gedrückt, zog ihr einer der beiden Männer eine schwarze Wollmütze über die Augen und verklebte ihr mit einem breiten Klebeband den Mund. Dann nahm man ihr die Handtasche ab, sie hörte wie sie geöffnet wurde, jemand stöberte darin. »Das kann nur mein Handy sein, das sie suchen«, dachte Martina. Sie hatte das Gefühl zu ersticken, langsam musste sie sich daran gewöhnen, nur durch die Nase zu atmen. »Was wollen die von mir?«, dachte sie sich, fragen konnte sie ja nicht. Alles war schwarz um sie herum, außer dem Motorgeräusch war nichts zu hören. Sie kannte die Strecke sehr gut, schließlich waren sie oft genug in Kindberg stehen geblieben, ob sie nun von Wien kamen oder dorthin zurückfuhren. So spürte sie die scharfe Rechtskurve, die Richtung Autobahn führte, kurz danach den Kreisverkehr, dann beschleunigte der Fahrer und sie wusste, dass sie nun auf der S 6 angekommen waren. Auch wenn sie ihr Erinnerungsvermögen nicht trübte, etwas Nützliches konnte sie mit diesem Wissen nicht anfangen.

Bülent Erdovan konnte gerade noch den Wagentyp erkennen, wegen der vielen parkenden Autos war das Kennzeichen unlesbar. Diesmal würde er ohne die staatlichen Organe nicht auskommen. Dennoch ging er rasch in die Bäckerei „Pesl" zurück, um sich mit Edith abzusprechen. »Sind Sie schon wieder da, Herr Erdovan?«, rief ihm die freundliche Bäckerin hinter der Theke nach, als er in das Geschäft stürmte, mit drei, vier Schritten das Lokal durchquerte und dann durch die Glastüre – und niemanden mehr erblickte. Ediths Platz war leer. Gerade als er sich umdrehte, sah er sie aus dem Gang, der zur Toilette führt, auf ihn zukommen. »What's the matter? Wie sehen denn Sie aus, was ist Ihnen über die Leber gelaufen?«, fragte sie, mit einem Lächeln auf den Lippen. »Kommen Sie schnell, es ist etwas Schlimmes passiert.« Er hielt ihr die Türe auf, sie setzten sich hin und Bülent erzählte ihr, was vorgefallen war. Ohne lang nachzudenken, riet ihm Edith, die Polizei zu verständigen. »Aber schnell, sonst wird es denen verdächtig vorkommen, dass Sie so lange gewartet haben – und ich will da keineswegs hineingezogen werden.«

Draußen vor dem Lokal wählte Bülent die Nummer 133. Es läutete nur kurz, dann meldete sich der Posten Kindberg. Noch immer atemlos vor Aufregung schilderte er dem Beamten was vorgefallen war. Er glaubte in dem Wagen einen dunkelblauen VW Tuareg erkannt zu haben, der stadtauswärts Richtung Wien gefahren war. Angaben zu den Personen konnte er keine geben und das Kennzeichen konnte er auch nicht ablesen. Der Polizist versprach, eine Streife vorbeizuschicken und alle naheliegenden Posten – vor allem auch die Autobahnpolizei – zu informieren. Bülent sah sich um und entschloss sich, im Gastgarten vor der Bäckerei zu warten. Kaum hatte er sich hingesetzt, läutete sein Telefon. Die Nummer war unterdrückt. Noch bevor er sich mit seinem Namen melden konnte, sagte eine Stimme: »Wir haben Ihre Frau. Ihr wird nichts passieren, unter einer Bedingung: der Artikel, den Sie für den kommenden Montag angekündigt haben, wird nicht erscheinen. Haben Sie mich verstanden!?« Bülent war baff. Er hatte fest damit gerechnet, dass Martina im Zusammenhang mit der Festplatte entführt worden war, doch das war – sprichwörtlich – eine andere Geschichte. Statt auf die Forderung zu reagieren, antwortete Bülent mit der Frage: »Wie geht's meiner Frau – ich muss sie sprechen!« »Es geht ihr gut, keine Sorge.« »Nein, ich glaube das erst, wenn ich mit ihr gesprochen habe.« Durch das Handy hörte Bülent ein Geräusch, das er nicht identifizieren konnte, dann vernahm er eine leise Stimme: »Bülent, Du musst mir helfen!« »Wie geht's Dir?« Doch darauf gab es keine Antwort mehr. »Genug, das muss sie überzeugt haben«, sagte der Mann am anderen Ende. »Was ist jetzt mit dem Artikel?« »Das liegt jetzt nicht mehr in meinen Händen, ich muss erst mit der Redaktion telefonieren.« »OK, ich gebe Ihnen zwei Stunden Zeit, dann will ich eine Antwort haben, sonst sehen Sie Ihre Frau nicht mehr.« Bevor

Bülent noch etwas erwidern konnte, wurde die Leitung gekappt. Bülent überlegte: sein Artikel bezog sich auf ein Ereignis zum Jahresende 2018, als die Möbelkette „Kika-Leiner" durch einen Deal, der im Kanzleramt abgeschlossen wurde, vom Immobilien-Hai Gerhard Trenk übernommen wurde. Viel wurde seit damals spekuliert, wieso sich ausgerechnet der Bundeskanzler in dieses Geschäft eingemischt hatte. Natürlich wäre ein finanzieller Zusammenbruch dieses alteingesessenen Möbelhauses auch schlecht für das Image der Regierung gewesen, oder zumindest für die ÖVP, die sich ja seit Jahrzehnten das Mäntelchen der „Wirtschaftskompetenz" umgehängt hatte, doch andererseits waren schon andere größere Firmen in Konkurs gegangen, ohne dass man dafür die Regierung verantwortlich gemacht hätte. Bülent hatte vor einigen Wochen mit einem Insider gesprochen, der damals in den letzten Tagen des Jahres 2018 bei den Verhandlungen dabei gewesen war. Und von ihm hatte er Erstaunliches erfahren. Nicht nur Gerhard Trenk, sondern noch ein zweiter Käufer hatte sich damals ins Bundeskanzleramt begeben und angeboten, für einen bestimmten Betrag das Überleben des „Kika-Leiner" Konzerns zu garantieren. Doch dieser Mann – ebenfalls ein österreichischer Großunternehmer, dessen Name der Insider allerdings nicht nennen wollte – dieser Mann hatte sogar einige Millionen mehr angeboten, als der spätere Käufer Gerhard Trenk. Doch Trenk war schlauer: er sicherte Kanzler Wenig zu, einen bestimmten Betrag (die Rede war von einem hohen, einstelligen Millionenbetrag) auf ein Konto auf den Cayman Inseln zu überweisen, auf das der Kanzler Zugriff hatte. Bülent Erdovan war ursprünglich skeptisch, als ihm diese Geschichte erzählt wurde. Es erschien ihm ziemlich unglaubwürdig, dass Stefan Wenig eine derartige kriminelle Bestechungsaktion sozusagen unter der Teilnahme von Zeugen durchführen würde. Tatsächlich war auch niemand dabei, als Trenk dem Kanzler dieses Angebot machte. Doch diese Vereinbarung wurde nicht einfach per Handschlag besiegelt, nein, der immer skeptische Bundeskanzler wollte das schriftlich bestätigt haben – und dieses Papier hatte der Vertrauensmann kurz danach am Schreibtisch, unter anderen Dokumenten liegend, entdeckt und mit seinem Handy abfotografiert. Bülent Erdovan sah es mit eigenen Augen, schwarz auf weiß, und bekam das Foto sogar auf sein Handy übertragen. Wenn es nicht eine täuschend ähnliche Fälschung war, dann war das tatsächlich etwas, das man mit gutem Gewissen eine „innenpolitische Bombe" nennen konnte. Und darüber wollte das „Profil" in der nächsten Woche berichten. Stefan Wenig war natürlich kein Kanzler mehr, doch würde so ein Dokument seine Karriere – egal in welche Richtung sich diese noch entwickeln würde – einigermaßen rasch stoppen. Oder eben nicht. Denn der Journalist war sich klar: würde er diese Story veröffentlichen, stünde das Leben seiner Frau auf dem Spiel. Nur: mit welcher Erklärung könnte er die Chefredaktion überzeugen, diesen Artikel einzugraben, noch dazu, wo man ihn schon mit großer Fanfare angekündigt hatte. Das alles ging Bülent durch den Kopf, als er plötzlich – tief in seine Gedanken versunken – von einem Polizeibeamten mitten am Stadtplatz von Kindberg angesprochen wurde. »Herr Erdovan – Sie sind doch der Journalist? – mein Name ist Raunegger – Postenkommandant von Kindberg – Sie haben angerufen, Ihre Frau soll entführt worden sein?« Bülent war einigermaßen verstört. Was heißt »soll entführt worden sein?« Hatte er in seinem Telefongespräch je Zweifel daran gelassen, dass sich diese Geschichte nicht tatsächlich so abgespielt habe. »Nein, nein«, erwiderte er einigermaßen frustriert, »das war schon so. Martina, ich meine, meine Frau, ist von irgendwelchen Kriminellen gekidnappt worden, am helllichten Tag, mitten in Kindberg. Was heißt ›mitten in Kindberg‹, genau hier, wo wir jetzt stehen. Vielleicht gibt es Zeugen, es ist ja Markttag, eventuell hat jemand etwas gesehen. Haben Sie noch andere Beamte hier, die mit den Menschen reden können?« Jetzt war der Polizeibeamte pikiert: steht da doch jemand neben ihm, der ihm, einem Polizisten mit drei Sternen und 25-jähriger Erfahrung, sagen will, was er zu tun habe. Sein Posten bestand aus sieben Beamten, jeweils zwei waren in Streifenwagen unterwegs, zwei weitere mussten in der Kommandantur bleiben und er, der Chef, war extra persönlich hierher gefahren, nur weil der Journalist halt eben einen Namen hatte und da wisse man ja nie … »Was wir jetzt unternehmen«, sagte Herr Raunegger, »das müssen Sie schon uns überlassen. Aber um Sie zu beruhigen, wir haben Verstärkung von Bruck an der Mur angefordert, die werden in wenigen Minuten da sein und sich dann alles an Ort und Stelle genau ansehen.« »Was soll denn das helfen, in der Zwischenzeit kann meine Frau mit jeder Minute wieder zwei Kilometer weiter weg sein, und jetzt sind es« – Bülent blickte auf seine Armbanduhr – »schon mindestens 15 Minuten, das heißt, wenn sie auf der Autobahn unterwegs sind und davon gehe ich einmal aus – dann sind sie jetzt schon dreißig Kilometer von hier entfernt.« Der Postenkommandant war erstaunt, wie schnell sein Gegenüber dieses mathematische Zahlenspiel im Kopf erledigt hatte, Rechnen war nie seine Stärke gewesen, daher bezweifelte er auch das Ergebnis nicht. »Posten Kindberg, bitte melden!« Aus dem Funkgerät des Beamten meldete sich eine Frauenstimme. »Hier ist Kommandant Raunegger, bitte kommen«, rief der Polizist in das Mikrofon. »Wir stehen jetzt vor dem Semmering-Tunnel, das heißt, bei der Abfahrt Maria Schutz, wir kontrollieren alle dunklen SUV, nachdem sich der Augenzeuge nicht ganz sicher war, ob es sich beim betroffenen Fahrzeug um einen VW Tuareg handelt. Bisher negativ – Ende.« »Danke, Frau Kollegin, Ende.« Bülent erinnerte sich zurück. Aus seiner Wahrnehmung musste es sich um einen Tuareg handeln, aber heutzutage sehen sich vor allem die größeren SUVs so ähnlich, dass er sich auch geirrt haben könnte. »Mehr können wir im Moment nicht machen, außer natürlich eventuelle Zeugen zu befragen. Bitte halten Sie sich zur Verfügung.« Bülent Erdovan sagte zu, sich zumindest in der nächsten Stunde noch in oder vor der Bäckerei aufzuhalten und verabschiedete sich vom Polizisten.

Martina spürte, dass das Fahrzeug langsamer wurde. Das breite Klebeband war ihr gleich nachdem sie sich kurz bei Bülent gemeldet hatte, wieder über den Mund gedrückt worden, die beiden Personen im Wagen sprachen nicht miteinander, sie hörte nichts, sie sah nichts. Nun dürften sie auf der alten Semmering-Passstraße angekommen sein, die Kurven waren eindeutig enger als zuvor. Sie hatten die Schnellstraße S 6 verlassen, das war ihr nun klar. Sie kannte die Strecke beinahe auswendig. Durch einen Tunnel waren sie gefahren, das hatte sie in den Ohren gespürt: immer wenn ein großer LKW in den

Tunnel einfuhr machte sich das in ihren Ohren bemerkbar. Also mussten sie schon bei Spital am Semmering abgefahren sein. Doch wohin würde man sie bringen? Die Fahrt auf der kurvigen Landstraße dauerte nur rund zehn Minuten. Wieder blieb der Wagen stehen. Ein Mann öffnete die Türe, offenbar stieg er aus, dann hörte sie ein knarrendes Tor, das offenbar aufgeschoben wurde. Der Fahrer gab Gas, das Auto überwand einen Widerstand am Boden und hielt dann wieder an. Kurz danach ging ihre Autotüre auf, jemand nahm sie am Arm und führte sie in ein Haus. Es roch nach abgestandenem Zigarettenrauch, der auch im nächsten Raum, in dem sie jetzt ankam, noch immer wahrzunehmen war. Der Mann fasste sie an der Hüfte, schob sie zwei Schritte nach hinten, wo sie sich in einem Polstersessel fallen ließ. Dann wurde ihr die Kapuze abgenommen, das Tageslicht, das aus den beiden Fenstern hineinschien, blendete sie. Martina schloss die Augen, um sie dann ganz langsam wieder zu öffnen. Der Raum war nur spärlich möbliert: ein weiterer Sessel, eine beige Couch, ein kleiner Beistelltisch und ein undefinierbares Möbelstück, das an der Wand stand und wohl einmal als Unterstand für einen Fernsehapparat gedient hatte. Nur einer der Männer war bei ihr im Raum. Er war ungewöhnlich groß, sicher über einen Meter neunzig, trug Cowboystiefel (Martina hatte die Gewohnheit, bei Männern immer erst auf die Schuhe zu blicken), eine Jeans-Hose, die schon leicht abgenützt wirkte, und ein geradezu blütenweißes Hemd. Was sie wirklich interessierte, blieb freilich verborgen: das Gesicht. Er hatte eine Art Skimaske über den Kopf gestülpt, durch zwei Schlitze konnte sie seine Augen erkennen, aber nicht deren Farbe, und dann gab es da noch einen weiteren Schlitz für den Mund. »So, jetzt bleiben Sie einmal da sitzen. Wenn ihr Mann unseren Forderungen nachkommt, dann wird ihnen nichts geschehen. Wenn nicht, dann ...« Martina war überrascht, nicht so sehr, was er sagte, sondern über die Stimme des Mannes: er hätte ein Opernsänger sein können, so samtig tief klang es aus ihm heraus. Sollte sie sich davon verführen lassen und die Angst vor den Kidnappern verlieren? »Kann ich bitte einen Schluck Wasser haben?«, fragte sie, nicht weil sie wirklich Durst hatte, sondern um den Mann in eine weitere Konversation zu verwickeln. »Wollen Sie ein Leitungswasser – aber wir haben auch ein Mineralwasser im Kühlschrank, was ist Ihnen lieber?« Es war völlig absurd, doch Martina konnte sich an dieser Stimme nicht satthören. »Leitungswasser ist gut, wenn Sie es nur ein bisschen rinnen lassen, mir kommt vor, als wäre schon längere Zeit niemand mehr hier gewesen.« Der Mann verließ den Raum, nicht ohne sie davor zu warnen, ihren Platz ja nicht zu verlassen. Sie war überrascht, wie schnell ihre Angst verflogen war, immerhin hatten sie diese Männer brutal verschleppt. Doch warum? Sollte sie es wagen, danach zu fragen? Als der Mann aus einem anderen Raum, offenbar der Küche, wieder zurückkam und ihr das Glas Wasser reichte, nahm sie allen Mut zusammen: »Was wollen Sie eigentlich von uns? Haben wir Ihnen etwas getan?« Der Mann blickte sie an. Jetzt sah sie, dass er überraschend helle Augen hatte, blau-grün leuchteten sie aus dem Schlitz in der Kapuze.

Erich nahm die drei Personen, die in seinem Krankenzimmer neben seinem Bett standen, kaum wahr. Alles wirkte ein wenig verschwommen, er sah nur, dass alle drei weiße Kittel trugen, medizinisches Personal, das war ihm klar. »Herr Grössling, können sie mich hören?«, fragte der Mann, der ganz vorne bei ihm stand. Erich nickte mit dem Kopf, nur einmal, denn er spürte sofort einen stechenden Schmerz über und hinter den Augen. »Das ist gut – sie sind aus dem Koma erwacht. Können Sie uns sagen, oder deuten, wo es Ihnen weh tut?« Erich versuchte, einen Satz zu formulieren, doch aus seinem Mund war nur eine Art gurgelndes Geräusch zu hören. Dann schickte er ein Signal zu seiner rechten Hand, doch von dieser gingen mehrere Schläuche aus, Erich überlegte, ob es gut sei, diesen Arm jetzt zu bewegen. Also versuchte er es mit dem linken Arm. Und das funktionierte besser als er es vermutet hatte. Er führte die Hand zu seinem Kopf. »Kopfschmerzen? Haben Sie Kopfschmerzen?« »Erich bewegte seinen Daumen nach oben. »Wir bringen Ihnen ein entsprechendes Medikament – übrigens, ich bin Oberarzt Dr. Paul Schneider, das sind meine Assistenzärztin Frau Dr. Wiltschnig und die Stationsschwester Erika Schliefnig – Sie werden uns noch öfter hier sehen.« Erich versuchte die Namen zu verarbeiten: der Arzt ... was sagte er, ach, ja, Wintschnig, so wie ein Freund der Familie, auch ein Kärntner. Und die andere Frau, Ärztin, glaube ich, war das die Erika?« Das Nachdenken strengte ihn an. Erich schloss die Augen. In seinem Kopf schwirrten alle möglichen Gedanken: warum bin ich hier, wie bin ich hierher gekommen ... ich war doch zuletzt in Trögern ... zwei schwarz gekleidete Männer ... mehr konnte er nicht zusammen stoppeln, er schlief wieder ein.

Dr. Schneider und seine Entourage hatten in der Zwischenzeit das Krankenzimmer verlassen und waren im

Wartezimmer eingetroffen. Dort saßen Erichs Eltern; sie waren gleich nachdem sie die Information von der Polizeidienststelle in Klagenfurt erhalten hatten, ihr Sohn sei ins Landesklinikum Klagenfurt eingeliefert worden, aufgebrochen und hatten den nächsten Zug genommen. Sie waren viel mit der Eisenbahn unterwegs, immer hatten sie ein schönes Ziel vor Augen. Doch noch nie hatten sie eine so unangenehme Fahrt unternommen. Diese Ungewissheit, diese Sorge um ihren Sohn war fast unerträglich – sie hatten nur sehr rudimentäre Informationen erhalten, was passiert sei, dass es schlimm um Erich stand, war ihnen sehr wohl bewusst. Vier Stunden würden sie unterwegs sein, sie wussten nicht, ob er überhaupt noch am Leben sein würde, ihr kleiner Erich, ihr einziger Sohn, der es so weit gebracht hatte. Direkt ins Zentrum der Macht, er war ja immer politisch sehr interessiert, hatte die „Presse", die sein Vater abonniert hatte, schon in sehr jungen Jahren täglich gelesen, sogar die Ö1-Journale hatte er schon mit 12, 13 Jahren verfolgt, auch wenn die Eltern nicht glücklich waren, dass er nebenbei auch viel Zeit am Computer verbrachte. Und genau darüber unterhielten sie sich während der Fahrt, erinnerten sich an die schönen Zeiten, die sie gemeinsam gehabt hatten, bei den Urlaubsreisen mit dem Auto nach Jesolo, später dann nach Grado, der Bub hatte ja das Meer so gerne, in Grado hatten sie gemeinsam Tennis gespielt, der Platz lag direkt vor ihrem Quartier, der „Villa Reale", manchmal, wenn nur ein Elternteil mit Erich spielte, schaute der andere vom Balkon hinunter auf den Tennisplatz – »erinnerst Du Dich noch?«, fragte Frau Grössling ihren Mann, der ihr gegenüber am Fensterplatz saß und wohl auch in Gedanken versunken war

– und dann, als er 18 war, wollte er nicht mehr mitfahren, da hat er sich seine Reisen schon selbst ausgesucht. Wir haben ihm immer ein Taschengeld gegeben, er hat ja durch die Nachhilfestunden, die er gab, selbst recht viel Geld verdient. »Und Klavierspielen konnte er auch so gut; oh, Gott, warum sage ich ›konnte‹? – nein, kann er auch so gut.« Anfänglich wollte er nicht zu den Klavierstunden gehen, fügte Frau Grössling hinzu, aber als es immer besser ging, hat er auch Freude daran gefunden. Und jetzt, wenn er nach Hause kommt, setzt er sich auch immer wieder ans Klavier und spielt uns etwas vor. Zuletzt – »weißt Du noch?« – hat er *Die Wut auf den verlorenen Groschen* von Beethoven gespielt. Da hat er bewiesen ... »über«, warf Herr Grössling ein. »Über was? – seine Frau blickte ihn fragend an. »Über – na, über den verlorenen Groschen. Du hast gesagt: *auf den verlorenen Groschen*. Das Stück heißt aber: *Die Wut über den verlorenen Groschen!*«. Immer diese Verbesserungen, stets der Deutsch-Professor, der er 35 Jahre war, dachte sich Frau Grössling, was macht es schon für einen Unterschied, ob es nun „auf“ oder „über“ heißt, wir wissen eh beide, was gemeint ist. Dann war Stille. Beide blickten aus dem Fenster, unter ihnen zogen die eindrucksvollen Viadukte der Semmering-Bahn vorbei, immer wieder von Tunnels unterbrochen. Einmal noch, als der Railjet in Treibach-Althofen stehen blieb, kam Erich wieder zur Sprache. »Das war so lieb von ihm, als er Dich damals besuchte, als Du hier auf Reha eingewiesen warst. Er hat sich nicht angekündigt, an einem Samstag ist er plötzlich aufgekreuzt, und wir haben einen wunderschönen Spaziergang unternommen. Und kurz danach kam dann das Angebot vom Staatssekretär Wenig – weißt Du noch, damals war der junge unbekannte Mann vom Kanzler praktisch aus dem Hut gezogen und zum Staatssekretär für Integration gemacht worden. Viele sind damals über ihn hergezogen, aber dieser Job hat doch gut für ihn gepasst. Das waren doch schöne – was sag ich, schöne, nein, interessante Jahre für Erich.« »Ja, und er hat viel dazugelernt, sonst wäre er nicht auch von Wenigs Nachfolger übernommen worden.« Der Zug hatte sich längst wieder in Bewegung gesetzt, jetzt war es bis Klagenfurt nur noch rund eine halbe Stunde.

Nun saßen sie also im Wartezimmer im zweiten Stock des Klinikums, nur einige Meter von ihrem Sohn entfernt, der dort nach einem schrecklichen Verbrechen um Leben und Tod rang. »Ich habe gute Nachrichten für Sie.« So etwas Positives hatten die Eltern vom Oberarzt gar nicht erwartet – erhofft ja, im Stillen, aber dass Dr. Schneider die Eltern gleich bei der ersten Begegnung aufmunterte, erleichterte sie sehr. »Er hat das Schlimmste überstanden, er reagiert auch schon auf Fragen, auch wenn ihm das Sprechen noch schwerfällt. Erschrecken Sie nicht, wenn Sie ihn jetzt sehen, er hat eine schwere Operation hinter sich, doch für ein paar Minuten können Sie jetzt gerne zu ihm gehen.« Arzt und Ärztin verabschiedeten sich, die Stationsschwester führte Erichs Eltern ins Zimmer 208. Leise und vorsichtig öffnete sie die Türe, ihr Kennerblick sagte ihr, dass der Patient schlief. »Er schläft«, sagte sie, nachdem sie den Kopf zu den Eltern gedreht hatte, »aber gehen Sie nur hinein – ich hole Sie dann wieder ab in ein paar Minuten.« Frau und Herr Grössling schlichen sich ins Zimmer, stellten zwei Stühle vorsichtig neben das Krankenbett und blickten ihrem Sohn ins Gesicht. Er war völlig ruhig. Dann blickte Herr

Grössling auf die digitale Anzeigetafel. Auch hier regte sich nichts – sie war schwarz. Ausgeschaltet. Er schaute wieder zu Erich. Kein Atmen war zu erkennen. Er sah seine Frau an, dann sagte er: »Erich atmet nicht – schnell, wir müssen einen Arzt holen.« Fast gleichzeitig sprangen sie auf, stießen ihre Sessel nach hinten, liefen zur Türe, rissen sie auf und Herr Grössling rief in den Gang: »Hilfe, Hilfe – ein Arzt, schnell!«

Mirko und Dušan hatten das Auto außerhalb des Klinikums geparkt. Ihr montenegrinisches Kennzeichen hatten sie noch in der Nacht gegen eine Kärntner Nummer getauscht. Dušan blieb im Wagen sitzen. In einem Anruf auf der Station hatte sich Mirko als Onkel von Erich Grössling ausgegeben, der seinen Neffen besuchen möchte. Die Stationsschwester wollte ihm ursprünglich keine Auskunft geben, ließ sich dann aber doch überreden – Mirko hatte seinen ganzen Charme spielen lassen – und nannte ihm die Zimmernummer »208 – im zweiten Stock, gleich rechts neben der Stiege.« Einen dunkelbraunen Hut mit breiter Krempe tief ins Gesicht gerückt, nahm er gleich zwei Stufen auf einmal, im Nu war er im zweiten Stock. Mirko ging am Zimmer 208 vorbei, blickte sich um und sah wenige Meter vor ihm eine Bank. Dort setzte er sich. Ohne seinen gesenkten Kopf wesentlich zu heben, bemerkte er nach ein paar Minuten, wie drei Personen aus dem Zimmer 208 herauskamen. Alle trugen weiße Mäntel, näherten sich ihm und verschwanden dann in einem Raum, auf deren Eingangstüre „Warteraum" zu lesen war. Mirko nütze die Gelegenheit, stand rasch auf und hastete zum Zimmer, in dem er Erich Grössling vermutete. In Trögern, in der Pension, waren sie sich zum ersten und letzten Mal gegenüber gestanden. Mirko hatte ihn in seinem Zimmer aufgefunden und ohne viel Aufhebens angeschrien: »Die Festplatte – wo ist die Festplatte?« Damals hatte Erich eine Pistole in der Hand, ihn angelacht und gefragt: »Was für eine Festplatte? Ich weiß nicht, wovon Sie reden!« Doch Mirko wollte sich nicht in irgendeine Diskussion verwickeln lassen. Sein Gegenüber hatte ohnehin schon zu viel von ihm gesehen, jetzt würde er sich vielleicht auch seine Stimme merken. Mirko griff in den Hosenbund, holte seine Glock-Pistole hervor und noch bevor Erich die Gefahr erkannte, schoss der Montenegriner zweimal auf ihn. Er traf ihn unterhalb der Brust, in der Magengegend, sofort sackte er zusammen. Mirko kümmerte sich nicht darum, ihm ging es nur um die Festplatte und die hatte er tatsächlich schon in Windesschnelle in der Reisetasche, die am Bett lag, gefunden. Bei ihrer Flucht hatte sie der Polizei-Hubschrauber stutzig gemacht. Hatte Erich den Anschlag vielleicht doch überlebt. Der Anruf im Landesklinikum brachte dann die Gewissheit. Jetzt stand er wieder vor Erich Grössling, auch wenn dieser kaum zu erkennen war, nur der Kopf ragte aus der Bettdecke hervor. Und diesmal stand er nicht vor ihm, sondern lag ganz friedlich da. Alles musste nun rasch gehen. Erst suchte Mirko den Hauptschalter für den Überwachungsmonitor, der war schnell gefunden und ausgeschaltet. Dann nahm Mirko vom Bett nebenan einen Polster und drückte diesen Erich über den Kopf. Erst bewegten sich die Beine, dann die Arme, Mirko spürte, dass Erich auch versuchte, den Kopf zu haben, doch das alles dauerte nicht länger als eine Minute. Dann lag der Patient reglos vor ihm. Mirko brachte den

Polster wieder zurück ins andere Bett und verließ das Zimmer so unbemerkt, wie er sich gerade erst hineingeschlichen hatte. Als er wieder bei der Stiege ankam, hörte er hinter sich Stimmen. Er drehte sich ein wenig um und sah ein älteres Ehepaar und eine Krankenschwester, die sich den Gang entlang dem Zimmer 208 näherten. Gerade konnte er noch erkennen, dass die Schwester die Türschnalle zu Erich Grösslings Zimmer niederdrückte, da war er schon im Stiegenhaus verschwunden.

Bülent überlegte: er hatte nun gleich mehrere Aufgaben zu erledigen. Wie ein Artist, der mit drei Bällen jonglierte, durfte er nichts aus den Augen lassen. Zuallererst ging es um Martina, ihr Leben stand auf dem Spiel, das hatte Priorität. Also musste er – wohl oder übel – seinen Chef anrufen und ihm die Lage schildern. Wieviel konnte – sollte – er verraten? Bülent war mit dem „Profil" Chefredakteur befreundet – wer war das nicht? – doch gleichzeitig hielt er ihn für eine Plaudertasche, der sich in erster Linie selbst verkaufte und dann erst das Wochenmagazin. Drinnen im Lokal saß Edith, die wahrscheinlich mit dem Handy von Erich spielte – sie wollte es ja entsperren. Und dann war da natürlich noch die Festplatte, die alles ausgelöst hatte. Die musste nun erst einmal warten, jedenfalls, was Bülent und seine Suchaktion danach betraf. Er nahm sein Handy, drückte die beiden ersten Buchstaben vom Namen des Chefredakteurs ein und wartete auf die Verbindung. »Hallo, alter Freund, wie geht's? Ich dachte, Du hättest Dir frei genommen. Ich bin übrigens gerade in Mondsee – herrlich. Wann kommst Du einmal vorbei? Was glaubst Du, wen ich gerade getroffen habe? Das wirst Du nie und nimmer erraten. Ok, ich sag's Dir – den Othmar. Also, ich glaube, er hat genug, nicht vom Europaparlament, sondern von der ÖVP. No, ja, das beruht eh auf Gegenseitigkeit. Also, sag schon, was gibt's?« Bülent war jedesmal überrascht, auch wenn er sich eigentlich schon längst hätte daran gewöhnen sollen, mit wieviel Wonne und Freundlichkeit sich sein Chef immer am Telefon meldete. Und wie er plauderte und plauderte. »Pass auf, ich habe eine unangenehme Mitteilung – wir müssen meine Geschichte nächste Woche canceln!« »Was, die Story mit dieser Sprengkraft? Die Story, die uns auf die Titelseiten sämtlicher Zeitungen katapultieren wird? Nein, das kommt ja nicht in Frage.« Bülent dachte nach. Was für einen Grund kann ich nennen. Die Geschichte mit Martina und ihrer Entführung, die wird der Chef nie und nimmer geheim halten – ich muss mir etwas anderes einfallen lassen. »Es tut mir schrecklich leid, aber es gibt Zweifel am Wahrheitsgehalt. Ich habe jemanden getroffen, eine echte Vertrauensperson, und die hat mir gesagt, das Foto, auf dem unsere Story ja basiert, sei eine Fälschung. Er weiß Hundertpro, dass das nicht stimmt. Und er will mir nächste Woche auch einen Beweis dafür bringen.« Jetzt war auf der anderen Seite Stille. Lange. Für Bülent fast zu lange. »Puh, ok, Du weißt, Bülent, ich vertraue Dir. Und Du wirst so etwas nicht leichtfertig sagen. Wir müssen uns nur überlegen, wie wir das der Öffentlichkeit jetzt mitteilen, schließlich haben wir unsere Aufdecker-Story jetzt schon so lauthals verkündet, dass wir unser Gesicht verlieren, wenn wir sie einfach eingraben.« »Lass mich nachdenken – aber, auf jeden Fall, danke, dass Du mir hilfst, MEIN Gesicht zu bewahren. Nichts wäre peinlicher gewesen, als mit einer Geschichte rauszukommen, die nicht absolut Hand und Fuß hat.« »Ok, ok, schon gut. Aber melde Dich wieder, wenn Dir etwas einfällt – ich denke jetzt auch nach. Wir reden in einer Stunde wieder …« »Übrigens«, Bülent dachte, das würde seinen Chef jetzt etwas beruhigen, »ich bin schon wieder einer Kracher-Geschichte auf der Spur – wenn da was draus wird, dann wird das mindestens so ein Verkaufserfolg wie die, die wir jetzt zurückziehen müssen.« »Geht's um den Wenig? Das wär' super. Du weißt ja, sobald der Wenig am Titelbild ist, steigt unsere Auflage. So wie damals beim Haider.« »Ich kann Dir leider jetzt noch nichts sagen.« »Schade, also bis dann, tschüss.« Und die Leitung war stumm.

Bülent ging zurück in die Bäckerei. Das Personal war mit drei Kunden beschäftigt, so konnte Bülent rasch durchs Geschäft gehen ohne sich auf freundliche Bemerkungen durch die Verkäuferinnen ablenken zu müssen. Edith saß noch immer auf dem gleichen Platz in der „Teestube", allein, mit dem Handy in der Hand. »Ach, Sie sind noch da!«, rief sie ihm erstaunt entgegen. »Ich dachte, unser nächster Kontakt wird über das Handy erfolgen.« »Das dachte ich auch«, erwiderte Bülent, »aber oft kommt es anders, ganz anders, als man denkt.« Edith blickte ihn fragend an. Und der Journalist begann zu erzählen. Ein wenig stockte ihm die Stimme, als er erzählte, wie er mit Martina gesprochen hatte – wenn auch nur kurz – und dem Anruf, der die Bedingung für die Freilassung enthielt. »Ich war so auf die Festplatte konzentriert, dass ich mir absolut sicher war, die Entführer wären die gleichen, die Erich attackiert und die Festplatte an sich genommen haben. Jetzt muss ich an zwei Fronten kämpfen.« »Kümmern Sie sich jetzt darum, dass ihre

Frau freikommt, das mit der Festplatte mache ich jetzt einmal.« Edith deutete an, dass sie nicht nur Erichs Handy entsperrt, sondern sogar schon ein Signal vom GPS empfangen hatte, der irgendwo an der Festplatte befestigt wurde. »Nur ganz rasch, wo ist sie jetzt«, fragte Bülent ganz aufgeregt. »Irgendwo in Südkärnten, so genau kann ich das jetzt noch nicht sagen. Ich muss in der App erst langsam und vorsichtig heranzoomen – wenn ich das zu schnell mache, bricht das System zusammen.« Bülent schaute auf das Handy – er konnte immerhin erkennen, dass sich die Festplatte irgendwo zwischen dem Klopeiner See und Eberndorf befinden musste. Doch von einem war er überzeugt: er würde es alleine nicht schaffen, dem Dieb die Festplatte abzunehmen und freiwillig würde der sie auch nicht hergeben. Bülent blickte Edith an: »Sie haben vielleicht Besseres zu tun, aber ich habe eine große Bitte: wenn mit Martina alles gut gehen sollte, könnten Sie nach Kärnten fahren und mir helfen, dass ich wieder zur Hard-Disk komme? Ich brauche Ihre Hilfe, sie sind die einzige, der ich vertrauen kann.« Edith fühlte sich einerseits geschmeichelt, anderseits war sie hier auf Urlaub, wieso sollte sie …« Ich kenne ein feines Hotel am Klopeiner See, das ›Amerika‹ – die kennen mich dort, ich reserviere ein Zimmer für Sie – würden Sie das für mich tun?« Edith überlegte: sie könnte jetzt zurück zu ihrer Mutter gehen, sich vor den Fernseher setzen und sich so den Abend – wie den vergangenen Abend, den nächsten Abend und den übernächsten Abend – mit ihr langweilen, oder sie könnte sich auf ein – hoffentlich kurzes – Abenteuer einlassen. »OK, ich mach es. Aber ich rufe selbst im Hotel an, Sie haben ohnehin genug Sorgen. Geben Sie mir Bescheid, wenn mit Ihrer Frau alles gut gegangen ist und dann sehen wir uns morgen wieder.« Bülent war erleichtert: Edith war ein außerordentlicher Glücksgriff, das wusste er schon jetzt, obwohl noch nichts gelöst war. Er hatte schon den Türgriff zur „Teestube" in der Hand, da rief ihm Edith noch etwas zu: »Übrigens, ich kann auch die Handys orten, die sich in Trögern zu der Zeit eingeloggt haben, als Ihr Freund angeschossen wurde. So finden wir vielleicht heraus, ob sie sich noch irgendwo dort in der Nähe aufhalten.« »Sie sind ein Schatz!", rief Bülent zurück in den Raum und verließ eiligen Schritts die Bäckerei.

Bülent blickte auf die Uhr. Es waren nur noch wenige Minuten, bis die Entführer sich melden sollten. Werden sie ihm glauben, wenn er ihnen versichert, dass die Fortsetzungsgeschichte abgeblasen wurde? Würden sie allein auf sein Wort Martina freilassen. Was aber, wenn die Polizei – so unwahrscheinlich das auch sein würde – den Wagen schon entdeckt und die drei aufgehalten hätte? Oder es gar zu einer Schießerei gekommen wäre? Wo Martina dann von einer Kugel getroffen worden wäre? Gerade vor wenigen Tagen hatte ein Polizeibeamter einen Unschuldigen getötet, nur weil er wegen eines Streits in die Wohnung gerufen worden war und dabei aus Versehen an der falschen Türnummer geläutet hatte. Der Mann war so wütend, dass er beim Fernsehen gestört wurde, dass er auf den Polizisten losging und dabei von einer Kugel getroffen wurde. Schluss mit diesen absurden Gedanken, sagte sich Bülent im Stillen – längst war er wieder auf der Straße, saß in seinem Wagen und wartete. Die Zeit verrann. Die Stunde war abgelaufen. 5 Minuten darüber, dann 10 Minuten. Bülent war verzweifelt. Dreißig Jahre waren die beiden schon verheiratet, sollte seine Ehe jetzt ein so jähes Ende finden? Das Handy klingelte. Bülent blickte aufs Display – *Unbekannte Nummer*. Er drückte auf das grüne Symbol und meldete sich: „Erdovan." »Herr Erdovan, wie lautet Ihre Entscheidung?« Und Bülent berichtete dem Unbekannten von dem Gespräch, das er mit seinem Chefredakteur geführt hatte, alles sei in Ordnung, die Geschichte werde am kommenden Montag nicht erscheinen. »Glauben Sie mir, ich gebe Ihnen mein Wort!« »Glauben ist das eine, aber welche Versicherung können Sie mir geben? Wenn wir jetzt Ihre Frau freilassen, dann ... Aber, warten Sie.« Stille auf der anderen Seite. Bülent war sich sicher, dass sich der Mann jetzt mit seinem Kollegen besprach. »Wir müssen uns mit unserem Auftraggeber besprechen – wenn er einverstanden ist, melden wir uns in ein paar Minuten wieder.« Bülent wollte nicht so schnell auflegen:

»Wie geht es meiner Frau? Kann ich sie sprechen?« Wieder war Stille in der Leitung. Dann eine leise Stimme: »Bülent, mein Schatz, bist Du es?« »Ja, ich bin's – wie geht es Dir, wirst Du gut behandelt?« »Alles ist gut, sie haben mir gleich das Pflaster vor dem Mund abgenommen, als wir im Haus angekommen waren.« »Was für ein Haus?« Bülent war erstaunt, er hatte fest angenommen, dass alle noch im Auto saßen. Doch auf seine letzte Frage erhielt er keine Antwort, offenbar hatte man ihr das Telefon wieder abgenommen. »OK, Herr Erdovan, wir rufen zurück.« Danach war die Verbindung unterbrochen. Schneller als er das erwartet hatte, läutete sein Handy kurz danach wieder. »Herr Erdovan, wir vertrauen

Ihnen. Wir packen Ihre Frau wieder ins Auto, nehmen sie ein paar Kilometer mit und an einer passenden Stelle lassen wir sie aussteigen. Dann rufen wir Sie an und sagen Ihnen, wo Sie sie abholen können.« »Aber Sie können meine Frau ja nicht irgendwo absetzen ...« »Sind Sie damit einverstanden oder nicht. Wenn nicht, dann scheitert unser Deal und dann ...« »Ja, ist gut«, sagte Bülent, der sich nicht mehr zu helfen wusste. Vielleicht, so dachte er, ist das ohnehin die beste Lösung.

Štepan wusste, dass er zu Fuß nicht weit kommen würde. Zum Glück waren immer noch viele Neugierige rund um die „Magdalena" versammelt, die alle auf die schweren Maschinen starrten, die als nächstes wohl das ganze Schiff – oder wenigstens große Teile davon – aus dem Wasser heben würden. So fiel er nicht auf, als er sich hinter dem Wagen davonschlich. Doch wohin? Unter normalen Umständen hätte er gleich den Zug nehmen können, der nur hundert Meter von der Stelle entfernt eine Station hatte. Hätte. Denn in der Zwischenzeit waren sogar schon die Schienen abgebaut worden und wo sich bis vor Kurzem noch die Gleiskörper befanden, war nun eine asphaltierte Straße gebaut worden, die aber nur am Bahnhof vorbei Richtung Stein führte. Da sah er plötzlich einen Autobus kommen, der sich langsam einbremste und direkt neben ihm stehen blieb. „Schienenersatzverkehr Bleiburg – Klagenfurt", das Schild oben am Bus hatte Štepan gerade noch erkennen können. Also stieg er ein, zahlte einen Fahrschein nach Klagenfurt und war froh, dass der Bus nur halb leer war. Er hatte überhaupt keine Lust, sich mit irgendjemandem zu unterhalten. In der dritten Reihe waren beide Stühle frei, er setzte sich und döste bald vor sich hin. »O, jetzt nach Klagenfurt. Aber was mache ich dort?« Mirko und Dušan, das war ihm klar, werden stinksauer sein, wenn sie merken, dass die Festplatte nicht mehr im Schiff ist. Aber werden sie mich verdächtigen? Štepan dachte nach. Nicht, wenn sie diese Baustelle dort sehen. Wenn sie nicht bald auftauchen, wird von der „Magdalena" nicht mehr viel übrig sein. Und schon jetzt ist der Schiffskörper halb ausgeräumt, die Kiste, in der die Hard Disk verstaut war, kann jetzt überall geblieben sein. Ich hatte richtig Glück, dass ich sie so schnell gefunden habe. Die Schaukelbewegung des Buses machten ihn müde. So müde, dass er noch vor der nächsten Station, in Grafenstein, einschlief.

Der Fahrer weckte ihn in Klagenfurt, als alle Passagiere den Bus schon verlassen hatten. »Da ist der Bahnhof, sollten Sie weiterfahren wollen.« Der Chauffeur war ein freundlicher Mann, graues Haar, braungebranntes Gesicht und auch die Hände ließen Urlaubsfarbe (oder waren es Freizeitbetätigungen?) erkennen. Er sprach mit einem leichten slawischen Akzent. Plötzlich stutzte der Mann: »Štepan – tu je Štepan?« »Ja, das bin ich – und Sie?« »Ja sam Dragomir v …« »Drago – das gibt's ja nicht. Du hier?!« Štepan und Drago kannten sich noch aus der Schulzeit. Sie waren gemeinsam in Nekśič aufgewachsen, hatten damals auch viel zusammen unternommen. Doch mit dem Jugoslawien-Krieg hatten sie sich aus den Augen verloren. Zwar waren beide nach Österreich geflüchtet, doch Štepan hatte in Wien Fuß gefasst, während Drago in Kärnten eine neue Heimat gefunden hatte. »Pass auf«, sagte Drago mit einem strahlenden Gesicht, »ich muss jetzt gleich wieder weiterfahren, aber morgen ist in Bleiburg, wo ich wohne, Wiesenmarkt, der größte und älteste Jahrmarkt in Kärnten, und ich lade Dich ein, komm zu uns und wir machen uns einen schönen Abend.« »Ja, ich, äh, ich muss …« »Nix musst Du, Du kommst, ganz einfach.« Sie tauschten die Telefonnummern aus, Štepan versprach, sich morgen zu melden und nach einer herzlichen Umarmung trennten sich die beiden alten Freunde. Štepan ging die Bahnhofstraße entlang Richtung Stadtzentrum – sein Blick richtete sich auf die parkenden Autos links und rechts. Eines musste doch zu knacken sein.

ORF, 18. Oktober 2023

Am Mittwoch hat der Prozess gegen den früheren Kanzler Sebastian Kurz begonnen. Dem Ex-ÖVP-Mann wird vorgeworfen, im „Ibiza" U-Ausschuss als Auskunftsperson falsch ausgesagt zu haben. Neben Kurz sind sein Ex-Kabinettschef Bernhard Bonelli und die ehemalige stellvertretende ÖVP-Obfrau und Casino-Generaldirektorin Bettina Glatz-Kremsner ebenfalls wegen Falschaussage angeklagt. Kurz wies von Anfang an und auch heute vor Prozessbeginn alle Anschuldigungen von sich.

Mirko kam zurück zum Wagen, Dušan stand davor und rauchte eine Zigarette. »Wie ist es gegangen?«, fragte er. »Alles gut«, antwortete Mirko knapp. »Niemand hat mich gesehen, das ist die Hauptsache.« Er setzte sich ins Auto, Dušan blickte ihn fragend an. »Wir fahren wieder zur Drau, holen uns die Festplatte.« Eine knappe halbe Stunde später waren sie an der Brücke angekommen. In der Zwischenzeit war auch die Polizei vor Ort. Sie war hauptsächlich damit beschäftigt, die Menschenmassen zu steuern, damit sie nicht den Verkehr total lahmlegten. Sie achteten nicht auf das dunkle Fahrzeug, noch weniger auf die beiden Männer, die drinnen saßen. „Prokleti", fluchte Mirko zwischen den Zähnen hervor, »was ist denn da los?« Auf ihrer Fahrt nach Klagenfurt hatten sie die Strecke über Völkermarkt genommen, sie hatten also keine Ahnung, was sich bei der „Magdalena" abspielte. Ein riesiger, tonnenschwerer Kran war gerade dabei, das mit dicken Seilen befestigte Ausflugsschiff über die Staumauer zu heben. Doch offenbar hatte sich die Firma, die den Auftrag übernommen hatte, verrechnet: selbst ihr gewichtiger Kran, der sich auf weit auseinanderstrebenden Eisenstützen abstützte, kippte bei jedem Versuch, das Boot zu heben, nach vorne. Nicht um, so weit wollten es die Monteure auch nicht kommen lassen.

Ratlosigkeit machte sich breit, das konnten Mirko und Dušan, die sich durch die Massen über die Brücke nach vorne gekämpft hatten, selbst aus dem Autofenster sehen. Sie bogen unmittelbar nach der Brücke nach rechts ab, vorbei an den Ständern, auf denen weiße Fahnen mit der Aufschrift „Fishery" hingen. Nachdem sie über Google herausgefunden hatten, dass es sich dabei um ein Restaurant handelt, fassten sie einen Entschluss: sie würden jetzt erst einmal etwas essen und danach, in der Dunkelheit, die Festplatte wieder an sich nehmen, obwohl, das war ihnen klar, das ein schwieriges Unterfangen sein würde. Da läutete plötzlich das Handy – schon am speziellen Klingelton erkannte Mirko, wer ihn anrief. Er hob ab. »Hallo, hier Mirko.« »Mirko, was ist mit der Festplatte, wann können wir uns treffen?« Die Stimme am anderen Ende der Leitung klag erregt. »Äh, ja, vielleicht morgen, wir sind noch in Kärnten, hatten noch etwas zu erledigen.« »Hab ich da ein Zögern herausgehört? Ist irgendwas nicht in Ordnung? »Nein, ist, äh, eh alles ok.« »Ihr seid also noch in Kärnten? – Das ist eh nicht schlecht. Ich habe morgen auch einen Termin dort. Ich rufe euch dann wegen des Treffpunkts an, ciao!« Mirko blickte zu Dušan am Nebensitz. »Ich glaub, der ist grantig.« »Hauptsache er zahlt«, erwiderte Dušan, um dann hinzuzufügen: »Wenn wir die Festplatte in diesem Chaos dort auch finden …«

Zwei Stunden später war die „Magdalena" immer noch halb im Wasser, doch der Lagerplatz war so gut wie menschenleer. Auch die Neugierigen auf der Brücke waren verschwunden, nur die meisten Fahrzeuge standen noch so dort, wie sie die beiden Männer bei ihrer Vorbeifahrt vage in Erinnerung hatten. Sie waren von der „Fishery" gesättigt zu Fuß zum Hafen gegangen, nur nicht auffallen war ihre Devise. »Wo fangen wir an?«, fragte Dušan, der sich immer wie ein Untergeordneter fühlte. »Wir müssen die Kiste finden. Hoffentlich haben sie die irgendwo in einem Kastenwagen verstaut.« Sie näherten sich dem ersten Klein-LKW und versuchten, die hinteren Türen zu öffnen, doch alle waren abgeschlossen. Dann probierten sie es bei den Beifahrertüren – tatsächlich war die vordere unversperrt. Vom Vordersitz gelangte man leicht in den hinteren Stauraum – Dušan leuchtete mit seinem Handy, viel lag nicht herum, doch eine Kiste sah tatsächlich so aus wie die, in die sie die Festplatte verstaut hatten. »Das könnte sie sein«, rief er hinter sich zu Mirko, der sich gerade nach hinten durchzwang. Nun leuchteten beide Handys in die Kiste, Dušan schob zwei Schraubenschlüssel zur Seite, darunter lag genau der ölverschmierte Fetzen, unter dem sie die Festplatte vor nicht einmal 24 Stunden versteckt hatten. Mirko hob das Tuch, doch darunter lag nichts, absolut gar nichts. »Wie gibt's denn das? Ich bin mir hundertprozentig sicher, dass ich sie hier verstaut habe. Entweder hat sie ein Arbeiter entdeckt, vielleicht hat das Kabel herausgeschaut – oder?« In Mirko keimte ein Verdacht. Der einzige, der wusste, was die beiden hier in der vergangenen Nacht unternommen hatten, war Štepan. Einerseits waren sie froh, dass Štepan auf sie in Trögern am Parkplatz gewartet hatte, doch gleichzeitig waren sie auch misstrauisch: warum schickte ihr Auftraggeber noch eine Person nach Kärnten, wo sie ohnehin den langen Weg von Podgorica auf sich genommen hatten. Sie hatten Štepan vor ein paar Jahren erstmals getroffen, er war ein Teil der serbischen Community in Wien und so war es kein Zufall, dass sie – zwar getrennt, aber Tisch an Tisch – im „Semendria" in der Josefstadt gespeist hatten. Sie hatten eine Unterhaltung begonnen und so kam eins zum anderen. Doch weil damals noch andere Familienmitglieder dabei waren, hatten die Exil-Jugoslawen nur rasch ihre Handy-Nummern ausgetauscht, Mirko rief dann ein paar Tage später Štepan an und sie verabredeten sich auf ein neuerliches Treffen. Dabei sprachen sie hauptsächlich über gute alte Zeiten und merkten, dass sie viele Gemeinsamkeiten hatten – schließlich war Montenegro nach dem Zerfall Jugoslawiens 1992 mit Serbien eine Staatengemeinschaft eingegangen, die 14 Jahre später wieder auseinanderbrach. Montenegro wurde dann ein selbstständiger Staat. Štepan erzählte, dass er keine Arbeit in Belgrad gefunden hatte und nach Wien ging, ebenso wie Mirko, der sein Land zwei Jahre später verließ und sich ebenfalls in Österreich niederließ. Es blieb nicht bei diesem einen Treffen. Als Mirko glaubte, genug Vertrauen gefasst zu haben, berichtete er Štepan einmal von einer großen Ladung Kokain, die er entgegennehmen sollte. Dafür aber brauchte er jemanden, der ihm den Fluchtweg absicherte. Das hatte zwar funktioniert, doch Štepan verlangte plötzlich viel mehr Geld als sie ursprünglich vereinbart hatten. Mirko legte dann etwas drauf, doch der Schaden war angerichtet. Davon erzählte Mirko Dušan jetzt: »Kannst Du Dir vorstellen, dass uns Štepan zuvorgekommen ist und die Festplatte an sich genommen hat?« »Ich kenne ihn zu wenig«, erwiderte Dušan, »aber möglich ist es schon.« Bevor sie sich endgültig mit dem Gedanken anfreundeten, dass ihr eigener Kollege hinter ihrem Rücken gehandelt hatte, suchten sie noch in den anderen Klein-LKW nach ihrem wertvollen Objekt. Es war mühsam. Alle Fahrzeuge waren abgesperrt. Wäre Dušan nicht ein Experte für das Knacken von Schlössern, hätten sie wahrscheinlich die ganze Nacht hier verbracht. Nach einer Stunde waren sie jedoch fertig und überzeugt, hier nichts mehr zu finden.

In nicht einmal einer Minute waren zwei Ärzte zur Stelle: die Eltern hatten laut „Hilfe" gerufen, als sie Erich ohne Atmung vorfanden. Sofort wurden alle Geräte wieder eingeschaltet, ein Arzt begann mit einer Herzmassage, die Stationsschwester eilte mit einem Defibrillator herbei. Nach zwei Versuchen, das Herz mittels elektrischer Stimulanz wieder zum Schlagen zu bringen, (Erichs Körper bäumte sich dabei wie ein gefesseltes

Weidevieh auf), zeigte das Messgerät erste Ausschlä-
ge an; anfänglich noch schwach, doch langsam immer
stärker. Nun hatte das Herz wieder die Kontrolle über
Erichs Körper übernommen. Er hatte unfassbares Glück
– wäre ihm die Sauerstoffzufuhr zuhause oder jedenfalls in weiter Entfernung ärztlicher Hilfe genommen
worden, hätte er nicht überlebt. So aber waren auch die
Ärzte recht optimistisch, dass er – sollte er keinen Hirn-
schaden haben, was man jetzt noch nicht sagen konnte
– diesen Vorfall einigermaßen gut überstehen würde. Ge-
rätselt wurde freilich, wie es dazu gekommen war. Die
Stationsschwester blickte sich um, nichts deutete darauf
hin, dass sich eine fremde Person im Zimmer aufgehalten hatte. Das Bett daneben war unberührt, lediglich der
Polster …« Schauen Sie einmal, Herr Doktor, der Polster
sieht so aus, als hätte ihn jemand nur rasch auf seinen
Platz geworfen. Wenn wir die Betten machen, dann liegt
der Polster zumindest mit einem Teil unter der Decke –
hier liegt er aber oben drauf.« »Mir fällt das nicht so
auf«, erwiderte der Stationsarzt, »aber wenn Sie das so
sagen, dann könnte es tatsächlich so sein, dass jemand
den Polster genommen und auf ihn gedrückt hat. Wir
müssen auf jeden Fall die Polizei rufen, die muss sich das
genau ansehen.«
Eine halbe Stunde später waren schon zwei Kriminalbeamte im Klinikum. Sie ließen sich von der Stationsschwester ins Zimmer begleiten, Erich war mittlerweile
auf die Intensivstation gebracht worden, nicht zuletzt,
weil die Türe dort hinein nur mit einem Code geöffnet
werden kann. Sonst war im Spitalszimmer alles wie früher. Die Schwester zeigte auf den Polster im zweiten Bett
und äußerte den Beamten gegenüber die Vermutung,

dass dieser Polster irgendetwas mit dem Mordversuch an Erich Grössling zu tun haben könnte. »Das müssen wir von der Spurensicherung untersuchen lassen; hat den Polster jemand angefasst?« »Äh, niemand von uns, so weit ich das verfolgen konnte«, sagte die Stationsschwester mit einem leichten Zögern. »Gibt es im Spital auch eine Überwachungsanlage?«, fragte nun der andere Kriminalbeamte, nachdem er seinen Kopf zur Decke gerichtet und sich dabei um 360 Grad gedreht hatte. »Hier im Zimmer nicht – in keinem Zimmer. Aber auf jeden Fall beim Eingang und in einigen Gängen.«

Tatsächlich hatte der Portier einige Monitore vor sich, jetzt bemühte er sich, den Angaben der Polizei zu folgen. Er spulte das Band, das die Aufnahme von der Eingangstüre enthielt, zurück. Man konnte dutzende Personen sehen, die sich wie in alten schwarz-weiß-Filmen ruckartig hinein oder hinaus begaben. »Stopp!«, rief der Beamte, der dem Portier über die Schulter blickte. »Halten Sie hier an, das muss etwa die Zeit sein, bei der sich der Vorfall abgespielt hat. Jetzt lassen Sie das Band wieder langsam vorlaufen.« Nun war alles viel deutlicher zu erkennen. Vorwiegend waren es Frauen, die eine oder andere hatte einen Blumenstrauß in der Hand, andere hatten kleine viereckige Kartons mit sich, das könnten Bonbonnieren sein oder auch größere Sporttaschen, wohl mit frischer Wäsche, vermutete der Beamte. Dazwischen waren auch immer wieder Männer zu sehen, viel weniger als Frauen, doch nichts war so auffällig an ihnen, dass man sie gleich als Mörder erkennen würde. Lediglich ein großgewachsener, kräftiger Mann, der seinen Hut tief ins Gesicht gerückt hatte, stach aus der Masse heraus – nicht zuletzt, weil er sich kurz vor der Eingangstür noch einmal umblickte, so als würde er nachsehen, ob ihn jemand beobachtet. Der Kommissar machte mit seinem Handy ein Standbild davon, ohne sich viel davon zu versprechen. Danach ging er noch einmal nach oben, wo er die Eltern von Erich Grössling traf, die gerade das Spital verließen. »Wissen Sie schon mehr?«, fragte ihn Herr Grössling. »Nichts, was ich mit Ihnen teilen könnte«, antwortete der Kommissar kurz angebunden. »War es vielleicht der Mann, der gerade am Stiegenabgang stand, als wir ins Zimmer von Erich gingen?« Der Kriminalbeamte wurde hellhörig: »Sie haben also einen Mann gesehen? Können Sie ihn beschreiben?« Herr und Frau Grössling erzählten dann, was sie gesehen hatten. Jeder hatte ein Detail zu bieten, das dem Beamten half, sich ein kompletteres Bild von dem Mann zu machen, der sich hier eingeschlichen hatte. Frau Grössling konnte sich an die teuren italienischen Schuhe erinnern, die der Mann trug, Herr Grössling glaubte, sich an eine ungewöhnlich geformte Brille zu erinnern, als sich der Mann kurz zu ihnen umgedreht hatte. »Unten ein dicker, dunkler Halbkreis, der das Brillenglas hielt«, schilderte er seine Beobachtung. Der Beamte nahm noch ein paar persönliche Daten der beiden auf und verabschiedete sich dann von ihnen. Im Zimmer der Stationsschwester wartete sein Kollege auf ihn. Gemeinsam verließen sie das Klinikum.

Martina zitterte am ganzen Körper. Sie stand am Rande einer einsamen Landstraße, wohin sie die beiden Entführer gebracht hatten. Nach dem Telefongespräch mit Bülent teilten ihr die beiden Männer mit, sie würde nun frei gelassen werden. Aber dafür mussten sie ihr wieder die Augen verbinden, von einem Klebestreifen über ihren Mund würden sie jedoch absehen. Danach schoben sie sie in den Wagen, der vor der Eingangstüre parkte und fuhren los. Dem Gefühl und dem Motorgeräusch nach ging es vorwiegend bergauf, wieder war es kurvig, doch die Fahrt hatte nicht lange gedauert. Als der Wagen anhielt, öffnete einer der Männer die Seitentüre und ließ Martina hinaus. Sie hörte, wie der Mann wieder einstieg, danach gab der Fahrer Gas und der Wagen brauste davon. Da ihre Hände frei waren, war es ihr ein leichtes, die Augenbinde abzunehmen. Die Sonne war bereits hinter einer Bergkuppe untergegangen, doch trotz der Dämmerung konnte sie noch genug aus ihrer Umgebung erkennen. Als erstes fiel ihr auf, dass nirgendwo ein Haus zu sehen war: sie wollte ja Bülent anrufen, ihm sagen, dass sie wieder frei sei. Doch das Handy hatte man ihr gleich bei der Entführung weggenommen, nun stand sie mitten im Nirgendwo, ohne Kontakt zur Außenwelt. Die Handtasche hatte sie wieder zurückbekommen, sie blickte hinein, um den Taschenspiegel herauszuholen. Sie wollte nur sehen, ob man die Spuren vom Klebeband noch um ihren Mund herum sehen würde. Zu ihrer großen Überraschung war auch das Handy in der Tasche. Sie nahm es heraus und rief sofort Bülent an: »Du wirst es nicht glauben, ich bin frei! Und sie haben mir auch das Handy gelassen.« »Ach Martina, ich bin so froh, dass alles glücklich geendet hat. Wo bist Du denn, ich hol Dich gleich ab, allzu weit kannst Du ja nicht sein.« »Ehrlich, ich habe keine Ahnung, aber ich kann auf Google Maps nachschauen und schicke Dir dann meinen Standort.«

Martina ging den Weg hinunter, langsam wurde es dunkler, doch sie hoffte, wenigstes eine Sitzgelegenheit zu finden, wo sie sich ausrasten und auf Bülent warten konnte. Nach ein paar Minuten stand da tatsächlich eine Bank am Straßenrand, sie setzte sich hin und rief Bülent nochmals an, um ihm mitzuteilen, dass sie ein paar hundert Meter taleinwärts gegangen war.

Das Wiedersehen war wie ein Geburtstag: Martina umarmte Bülent, sie legte ihre Arme um seine Schultern, drückte ihn fest an sich. Nach wenigen Sekunden begann sie zu schluchzen, Bülent versuchte sie zu trösten, doch seine Worte reichten nicht aus. So blieben sie stehen, eng umschlungen, bis sich Martina einigermaßen beruhigt hatte. Dann setzte sie sich in den Wagen, die vertraute Umgebung – auch wenn es nur der Innenraum ihres Autos war – tat ein Zusätzliches. Sie wischte sich mit dem Ärmel ihrer Bluse die Tränen aus den Augen und zum ersten Mal seit der Entführung konnte sie wieder lächeln. »Ich bin so froh, dass alles gut ausgegangen ist – was wollten die eigentlich von Dir? Wie hast Du es geschafft, dass sie mich so schnell wieder frei gelassen haben?« Bülent erzählte vom ersten Anruf der Entführer, von seiner Story, die nächste Woche im „Profil" erscheinen sollte, von seinem Gespräch mit dem Chefredakteur und dass diese Aufdeck-Geschichte nun nicht erscheinen würde – »jedenfalls erst einmal nicht!« – und wie die Männer seiner Zusage Glauben schenkten. Während er das alles schilderte, hatte er den Wagen gewendet und war wieder zurück Richtung S6. Sie hatten beschlossen, noch in der Nacht wieder in ihr Haus nach Kärnten zu fahren.

Štepan war die Bahnhofstraße stadteinwärts gegangen, hatte aber bald erkannt, dass er da nicht fündig werden würde: zu viele Menschen auf der Straße und die Autos standen alle in einer Kurzparkzone. Es würde sehr rasch auffallen, wenn er von hier eines entwenden würde. Er bog rechts in die Gasometergasse ein, kreuzte die Lastenstraße, blickte nach links und rechts, entschied sich dann für den Weg nach Norden, um dann gleich wieder in die Jesserniggstraße einzubiegen. Dort marschierte er dann so weit, bis ihm schien, dass hier keine Bürohengste arbeiten würden, die ihr Auto in wenigen Stunden wieder benützen würden. Eines fiel ihm rasch auf: es war ein Opel Insignia, Baujahr 2010, ziemlich verstaubt, doch das war ein Zeichen, dass schon längere Zeit niemand damit gefahren war. In früheren Jahren, so erinnerte er sich, war der Opel für viele jugoslawische Gastarbeiter aus Deutschland der Mercedes des kleinen Mannes – zwar groß und viel Platz für Kinder und Gepäck, ziemlich unverwüstlich, und dennoch nicht so teuer wie ein Mercedes. Die entscheidende Frage, die sich Štepan nun stellte, war, wird der Wagen anspringen oder nicht. Denn er war überzeugt, dass er ihn öffnen und auch das Zündschloss so manipulieren würde, um ihn zum Laufen zu bringen. Die Fahrertüre war im Nu geknackt, dann kam der Moment der Wahrheit: er hatte die beiden Kabel vom Startschloss in der Hand, führte sie zusammen – doch nichts geschah – Totenstille. Der Motor rührte sich keinen Millimeter. Štepan überlegte: sollte er sich um einen anderen Wagen umsehen oder eine andere Lösung finden. Während er die Pros und Kontras abwägte, hatte er nicht bemerkt, dass sich ein Mann dem Wagen genähert hatte und an sein Fenster klopfte. Als Štepan die Türe öffnete, schrie der Mann ihn an: »Heh, was machen Sie da? Das ist mein Wagen, steigen Sie sofort aus oder ich hole die Polizei!« Štepan wollte sich auf keine Diskussion einlassen: »Entschuldigen Sie bitte, ich hatte einen Schwächeanfall und weil die Türe nicht abgesperrt war, habe ich mich kurz hineingesetzt. Tut mir sehr leid.« Dem Unbekannten fiel die Unsinnigkeit der Ausrede gar nicht auf, oder er ließ es sich nicht anmerken. Er bekam plötzlich so etwas wie Mitleid mit ihm: »Geht's eh schon wieder? Fühlen Sie sich wieder so ok, dass Sie weiter gehen können?« »Ja, danke, geht schon.« Štepan war schon ausgestiegen und hatte sich schon einen Meter vom Opel entfernt. Über die Schulter hinweg rief er nur noch ein »Auf Wiedersehen« zurück, mehr eine Phrase als ein echter Wunsch.

Was nun tun, fragte er sich und nahm den gleichen Weg zurück, den er gekommen war. Seine Entscheidung war rasch gefallen: er würde den Bus nach Bleiburg nehmen und dann seinen neugefundenen Freund Drago anrufen. Vielleicht konnte er bei ihm übernachten. Zurück auf der Bahnhofstraße musste er bei einer Kreuzung stehen bleiben: die Ampel war gerade auf Rot gesprungen. Er blickte auf sein Handy, sah nach der Uhrzeit und suchte dann auf der ÖBB-Seite, wann der nächste Bus nach Bleiburg fahren würde. Er war so mit seinem Handy beschäftigt, dass er den dunklen Wagen nicht bemerkte, der aus der Seitengasse losfuhr. Im Fahrzeug saßen zwei Männer, die mit staunenden Augen auf Štepan blickten: es waren Dušan und Mirko, die aus dem Klinikum kamen und eher ziellos durch Klagenfurt gefahren waren. »Mach das Fenster runter und ruf ihn«, schlug Dušan vor. »Oder ich steig aus und hohl ihn mir!« »Nur mit der Ruhe«, erwiderte Mirko, »hier sind mir zu viele Menschen, das ist zu auffällig, wenn wir ihn jetzt ins

Auto zerren. Schauen wir, wohin er geht.« Sie bogen um die Ecke und parkten auf der anderen Straßenseite ein. Štepan hatte mittlerweile die Kreuzung verlassen, bis zur Busstation waren es nur noch an die 100 Meter. Seine beiden Kollegen versteckten sich hinter ihrem Auto und sahen, wie er hinter dem Haus, auf dem mit großen Buchstaben Bachmann/Musil geschrieben stand, ihren Blicken entschwand. Sofort gingen sie selbst Richtung Bahnhof und hatten ihn gleich wieder am Radar. Er stand am Busbahnhof, dort, wo der Schienenersatzverkehr nach Bleiburg angekündigt wurde. Mirko und Dušan beschlossen zu warten, bis Štepan tatsächlich eingestiegen war und dem Bus dann zu folgen.

Edith war schon vor dem Frühstück schwimmen gegangen. Der Klopeiner See hielt, was sein Werbeslogan versprach, nämlich der „wärmste Alpensee" Österreichs zu sein. Noch war kaum ein anderer Hotelgast im Wasser, über dem leichte Nebelschwaden lagen. Die Sonne, die gerade hinter den Bergen hochgekommen war, leuchtete wie eine weiße Scheibe, in die man, ohne die Augen zu überanstrengen, blicken konnte. Nach dem Bad im See unternahm sie noch einen kurzen Spaziergang. Schon ein paar hundert Meter entfernt vom Hotel wunderte sie sich über die provisorisch aufgestellten Bauzäune, die den See von der Promenade abgrenzten. Und dann wieder einen und noch einen. Irgendein Großunternehmer hatte da wohl Grundstücke aufgekauft, um sich selbst zu verwirklichen, dachte Edith. Bis ins Zentrum, wo eine ganze Shopping- und Unterhaltungsarkade ähnlich abgesperrt war und aussah, als würden sie jeden Moment abgerissen werden, hatte sie es glücklicherweise nicht mehr geschafft. Irgendwo davor hatte sie umgedreht und war zurück ins Hotel. Sie hatte gestern Nacht vom Auto aus im „Amerika" angerufen, und, obwohl es schon spät in der Nacht war, hatte tatsächlich noch eine freundliche Stimme abgehoben und ihr ein Zimmer zugesichert. Die Hochsaison war schon vorüber, dennoch war das Hotel, das erste Haus am Platz, fast voll. Und Edith hatte Glück: als sie danach an der Rezeption Bülents Namen erwähnte, bekam sie ein besonders luxuriöses Zimmer mit Blick auf den See, den sie freilich zu dieser späten Stunde nur erahnen konnte.

Ihre Mutter hatte sich gewundert, als sie Edith beim Kofferpacken sah und diese ihre entsprechende Frage mit »Ich fahr ein paar Tage nach Kärnten!« nur äußerst kurz angebunden beantwortete. Sie nahm zwei Laptops mit, einen privaten, und einen, der vom MI5 stammte und mit allen elektronischen Gadgets vollgestopft war. Nicht nur konnte man damit Handys orten, sogar drei Tage zurück, auch verschlüsselte Gespräche und Nachrichten waren für die Geheimdienste kein Hindernis mehr. Mit der gleichen Software waren etwa in den Niederlanden mehrere Banden aufgeflogen, die Tonnen von Kokain in das Land schmuggeln wollten. Auch in Großbritannien war die Telefonüberwachung durch Ediths Abteilung im MI5 erfolgreich. Mehrere hundert Kriminelle landeten auf diese Art hinter Gittern, andere warteten noch auf die Gerichtsverhandlung.

Mit der Ortung und dieser Software hoffte Edith, auch die Männer ausfindig machen zu können, die Erich überfallen hatten. Gleich nach dem ausgiebigen Frühstück baute sie ihre Laptops auf und startete die Programme. Mit einer speziellen Geo-Software zoomte sie zuerst in das Gebiet hinein, in dem Trögern lag. Das war für sie gar nicht so einfach, denn Trögern ist kein wirklicher Ort, sondern nur eine Ansammlung von wenigen Häusern, kaum auf einer Karte zu finden. Doch auch das war kein wirkliches Hindernis, auf ihrem privaten Laptop war mit Hilfe von Google „Trögern" rasch gefunden. Danach musste sie die Zeit verstellen. Bülent hatte ihr den Zeitablauf genau geschildert, also musste Edith jetzt nur noch das Datum von vorgestern und „14 Uhr 30" eingeben und darauf warten, dass der Computer diese Zeitangabe verwerten konnte. Sie sah, wie der Bildschirm an ihren Eingaben arbeitete – oder, genauer gesagt, der Bildschirm das wiedergab, was die Prozessoren dahinter ausfindig machten. Nach dreißig Sekunden konnte sie drei Punkte erkennen, die sie als Handys identifizierte: eines musste von Bülent sein, es war eindeutig weiter weg vom Gästehaus, in dem sich Erich befand, und zwei waren in relativer Nähe. Als sich die Uhr um eine Minute verstellte, verschwanden diese beiden Punkte – ihre Verbindung zum nächstgelegenen Fernsprech-Turm war abgerissen. Bülent hatte ihr erzählt, dass sein Handy im Haus nicht funktioniert hatte, etwas, das die Gastgeber als besonderes Plus für den Erholungsaufenthalt hervorstrichen. Mit Hilfe der eingebauten Software in ihrem Laptop musste Edith als nächstes die Telefonnummern herausfiltern. Sie war sich einigermaßen sicher, dass die beiden Männer eine von mehreren gängigen verschlüsselten Kommunikationskanälen verwendeten, die nur mit dem MI5-eigenen Spezialprogramm zu knacken waren. Welches würde hier anzuwenden sein? Sky ECC, EncroChat oder ANOM waren die gängigsten, doch hatten die Betreiber immer dann, wenn ihnen die Behörden auf der Spur waren, diese Kanäle rasch wieder geschlossen. Neu auf dem Markt und sehr beliebt bei den jeweiligen Syndikaten, das wusste Edith, war derzeit CTX, das für CommXtreme stand und durch die Verwendung von Künstlicher Intelligenz eine extrem sichere Verschlüsselung aufwies. Doch den Spezialisten der Interpol, die eng mit MI5 zusammenarbeiteten, war es gelungen, auch in dieses Netz einzudringen. Wie sie das genau geschafft hatten, wollten sie im Detail nicht bekannt geben. Edith hatte nur erfahren, dass ihnen auch dabei KI zu Hilfe kam. Also versuchte sie es mit dem Schlüssel zu CTX. Zahlen und Buchstabenkombinationen rasselten über den Bildschirm, eine Seite, zwei Seiten, dann die dritte. Als die Rechenoperation beendet war, wartete Edith gespannt auf das Resultat. Doch anstelle der Telefonnummern leuchtete ein „no result" am Laptop auf. Edith war enttäuscht. Sie war sich absolut sicher, alles richtig gemacht zu haben. Als einzigen Ausweg erschien ihr, den Laptop ganz hinunter zu fahren, neu zu starten und zu hoffen, dass es dann funktioniert. Das machte sie nun, gab alles wieder so ein wie vorhin und wartete, nicht sehr optimistisch, auf ein Ergebnis. Doch diesmal funktionierte es tatsächlich: auf dem Bildschirm erschienen zwei Telefonnummern. Auch wenn sie mit der Vorwahl +382 nicht unmittelbar etwas anfangen konnte, waren die Nummern exotisch genug, um sie als die ihrer beiden Gesuchten annehmen zu können. Nun lag noch eine schwierige Aufgabe vor ihr: sie wusste zwar, dass diese beiden Handys am Tatort, oder jedenfalls in unmittelbarer Nähe des Tatortes eingeloggt waren, doch nun musste sie herausfinden, wo sich die beiden Besitzer heute befinden. Edith googlete die Vorwahlnummer und sofort zeigte sich, dass die zu Montenegro gehörte. Sie überlegte: wenn das Montenegriner waren, ist mit einiger Sicherheit anzunehmen, dass sie diesen Auftrag von einem Österreicher übernommen hatten. Waren sie mit diesem unbekannten Mann schon zusammengetroffen? Wenn ja, dann war die Festplatte nun in seinen Händen. Doch wie sollte sie an diesen Auftraggeber herankommen? Es blieb ihr nichts anderes übrig, als erst einmal herauszufinden, ob die Balkan-Mafiosi noch von ihrer Software erfasst werden können. Dann bestand die Möglichkeit, dass sie über Social-Media-Apps oder telefonisch Kontakt mit dem Drahtzieher aufgenommen hatten. Wenn es ihr nicht gelang das herauszufinden, dann müsste sie Bülent mitteilen, dass sie einiges herausgefiltert hatte, doch das Wichtigste, die Festplatte, wohl für immer verloren war.

Štepan war mit dem Schienenersatzverkehr in Bleiburg angekommen. Als erstes musste er Kontakt mit seinem alten, neuen Freund Drago aufnehmen. Mirko und Dušan waren ihm gefolgt. Es war mühsamer, als sie das angenommen hatten. Der Bus fuhr auf seinem Weg nach Bleiburg viele Stationen an und die beiden mussten Abstand halten und auch jedes Mal stehen bleiben, wenn der Bus anhielt. Für den Linienbus gab es jeweils eine Ausweichspur, doch sie konnten nicht einfach auf der Straße anhalten. Manchmal fuhren sie am Bus vorbei und suchten sich einen geeigneten Platz, oder sie bogen in eine Seitenstraße ab, drehten dort um und warteten, bis der Postbus wieder vorbeifuhr. Nachdem sie das mehrere Male getan hatten, bekamen sie ein ungutes Gefühl. Hatte der Chauffeur ihre Manöver mitbekommen?

Würde er sie etwa genauer beobachten oder würde er gar Kontakt mit der Leitzentrale aufnehmen und seine seltsamen Beobachtungen schildern? Doch am Ende ging es gut. In Bleiburg hatten sie in sicherer Entfernung einen Parkplatz gefunden und beobachteten Štepan, der den Bus verlassen hatte, ohne dass er sie sehen konnte.

Štepan blickte auf die Uhr, es war schon kurz vor acht am Abend, als Busfahrer würde Drago sicher nicht länger unterwegs sein. Er nahm sein Handy aus der Tasche und wählte Dragos Nummer. Der meldete sich sofort, doch schon nach den Grußworten erkannte Štepan, dass er ihn wohl beim Abendessen gestört hatte. »Wir sind gerade beim Essen«, sagte Dragomir und beantwortete so ungefragt Štepans Vermutung. »Komm doch vorbei, ich habe meiner Frau schon von Dir erzählt. Sie hat extra etwas mehr gekocht, Du bist willkommen.« Štepan ließ sich den Weg von der Busstation zu Dragos Haus erklären und marschierte los. Mit einigem Abstand folgten ihm Mirko und Dušan. Er war überrascht, so viele Leute in dieser Kleinstadt zu sehen, bis er schließlich von einem Ehepaar, das er nach dem Weg fragte, erfuhr, dass morgen der berühmte „Bleiburger Wiesenmarkt" eröffnet werde und jetzt noch überall die letzten Vorbereitungen für die Marktstände, die Spielhallen, das große Riesenrad, das Autodrom, den Streichelzoo und die unzähligen Bierzelte getroffen werden. So etwas hatte er in der beschriebenen Art noch nie gesehen, vielleicht könne er Drago überreden, mit ihm dort am nächsten Tag hinzugehen. Als er bei der angegebenen Adresse angekommen war, klopfte er an der Türe, Sekunden später wurde sie von einem kleinen Mädchen geöffnet. »Hallo«, sagte das Mädchen mit den zwei geflochtenen Zöpfen, die ihr rundes Gesicht umrahmten, »Ich bin Lisa, sie müssen der Herr Štepan sein.« Sie hielt die Türe geöffnet und Štepan trat ein. Gleich darauf wieselte Lisa an ihm vorbei, führte ihn durch die Eingangshalle direkt ins Wohnzimmer, wo Štepan drei weitere Personen ausmachte. Drago legte Messer und Gabel aus der Hand, erhob sich vom Tisch und begrüßte seinen alten Freund mit einer herzlichen Umarmung. »Das ist schön, dass Du gekommen bist. Darf ich Dir meine Frau Anita vorstellen, und das ist unser Sohn Herbert. Er ist ein bisschen ein Computer-Freak, aber für Politik interessiert er sich auch.« Anita war ebenfalls aufgestanden, reichte ihm die Hand und erschrak fast über seinen kräftigen Händedruck. Herbert war sitzen geblieben und nickte dem Gast zu, ohne erkennen zu geben, ob er sich nun freute oder eher verärgert darüber war, dass nun noch jemand zu Tisch kam.

Bülent versprach Martina, sie nicht allzu lange allein zu lassen. Das ging umso leichter, als sich schon in der Früh ihre beste Freundin Gerlinde angesagt hatte, die sie aus Jugendzeiten kannte und die auch aus einem Nachbarort stammte. Mittlerweile war sie in Pension und freute sich immer, wenn sie die aufreibende Aufgabe, ihre über 90-jährige Mutter zu betreuen, für ein paar Stunden unterbrechen konnte. Bülent und Martina hatten vereinbart, ihr nichts über die Entführung zu erzählen, sonst würde dieses Thema sehr schnell die Runde machen und bald würde die gesamte Gemeinde davon erfahren. Bülent war auf dem Weg zu Edith ins Hotel „Amerika". Er war schon gespannt, was sie in der kurzen Zeit seit ihrer Ankunft am Klopeiner See herausgefunden hatte.

Er hatte sie kurz zuvor angerufen und mit ihr vereinbart, sich in einem der kleinen Privaträume im Erdgeschoss zu treffen. Um diese Zeit waren die meisten Gäste schon mit dem Frühstück fertig und schwammen im See oder sonnten sich auf den Holzliegen am Steg. Edith saß in einer Ecke im vereinbarten Zimmer. Vor sich am Tisch standen zwei Laptops, beide waren aufgeklappt, als Bülent eintrat. »Hallo, Edith«, begrüßte er sie mit einem freundlichen Lächeln, »gefällt es Ihnen hier?« »Ja, wunderbar. Ich war schon schwimmen, das Zimmer ist wunderschön, ich habe auch einen herrlichen Ausblick auf den See, die Hügel und dahinter die beiden hohen Berge.« »Sie meinen wahrscheinlich den Hochobir und den Kleinobir, einen mit einem spitzen Gipfel und der andere mit einem runden.« »Ja, genau – wie gut Sie sich hier auskennen ...«, fügte sie bewundernd hinzu. Doch Bülent war nicht gekommen, um sich mit Edith über die Topographie Südkärntens zu unterhalten. »Sie wollen sicher wissen, was meine Nachforschungen bis jetzt gebracht haben?« Und ob, wollte er sagen, beschränkte sich aber auf ein höflicheres »Ja, gerne.« Edith bat ihn, sich neben sie zu setzen, damit er besser auf den Bildschirm blicken konnte. Sie erklärte ihm, dass sie mit Hilfe der beiden Punkte, die sie in unmittelbarer Nähe von Trögern entdeckt hatte, mit fast hundertprozentiger Sicherheit die beiden Verbrecher isoliert hatte. Über deren Handynummer war es ihr ein Leichtes gewesen, sie weiter zu verfolgen. Einige Zeit haben sie sich neben der Draubrücke am Stausee aufgehalten, interessanterweise war da erst noch ein dritter Mann dabei, jener Mann, der vor der Trögerner Klamm in einem Auto auf sie gewartet hatte. »Aber, schauen Sie genau hin«, sie deutete auf den Bildschirm, der die Zeitsprünge wiedergab, »als sich die Männer wieder entfernen, ist der dritte zurückgeblieben.« Am nächsten Tag habe sie dann die beiden Montenegriner in der Nähe des Landesklinikums entdeckt, gegen Abend seien alle drei wieder nahe beinander gewesen, aber offensichtlich in getrennten Fahrzeugen. Sie konnte deutlich nachverfolgen, wie der eine Punkt von den beiden anderen verfolgt wurde, doch gelegentlich dürften sie auch in einer Seitenstraße darauf gewartet haben, dass der Wagen, der immer wieder stehen blieb und in dem der eine saß, an ihnen vorbeifuhr. »So wie Sie mir das schildern«, warf Bülent ein, »muss das wohl ein Bus gewesen sein, der Schienenersatzverkehr, der jetzt zwischen Klagenfurt und Wolfsberg verkehrt, solange die Bahnstrecke zwischen Klagenfurt und Graz nicht fertiggestellt ist.« Das klang auch für Edith einleuchtend, die sich keinen Reim darauf machen konnte, warum sich die Punkte nicht gleichmäßig bewegt hatten. »Und, wo sind sie jetzt?« Bülent konnte seine Neugier kaum mehr beherrschen. »Irgendwo in Bleiburg – aber wieder nicht zusammen. Zwei haben sich in einem Hotel einquartiert, der andere ist nur so circa hundert Meter entfernt, wahrscheinlich in einem Privathaus.« Bülent dachte nach. Was wollen die in Bleiburg? Wo ist die Festplatte? Wer hat sie bei sich? War es möglich, dass zwei der Männer den einen verfolgen, der die Hard Disk an sich genommen haben könnte. Doch das war alles nur Spekulation. Bülent hatte keine Beweise dafür. Und konnte der Bleiburger Wiesenmarkt etwas mit ihrer Anwesenheit hier zu tun haben? Unter vielen Menschen kann man sich gut verstecken, dachte Bülent, doch wovor? Oder vor wem?

Er hatte keine Antworten auf seine vielen Fragen. Nur eines wusste er: er musste Edith überreden, mit ihm nach Bleiburg zu fahren. Ohne die Hilfe einer erfahrenen Kriminalistin würde es ihm nie und nimmer gelingen, in den Besitz der Festplatte zu gelangen.

»Wissen Sie, Edith, ich hab da so eine Theorie – und die hängt mit dem großen Fest zusammen, das alljährlich in Bleiburg abgehalten wird.« Bülent erzählte ihr vom Wiesenmarkt, der seit 1393 abgehalten wird und somit das älteste Volksfest in Kärnten sei. Dort werde nicht nur gefeiert, sondern es würden auch gute Geschäfte gemacht: von regionalen Kleidungsstücken bis zu landwirtschaftlichen Geräten, von Spielzeug bis zu Holzöfen, jede Zunft habe hier ihren eigenen Stand. Edith blickte Bülent an, ziemlich verständnislos. »Ich weiß nicht, was ich damit anfangen soll. Das ist ja alles schön und gut, was Sie mir da über den Bleiburger Wiesenmarkt erzählen, aber was hat das mit unserer Festplatte zu tun? Wenn ich das richtig sehe, ist der Markt etwas außerhalb der Stadt, es kann ja durchaus sein, dass die drei Männer rein zufällig hier in Bleiburg gelandet sind und vielleicht gar nicht wissen, dass dieses Fest abläuft.« Bülent nickte. Natürlich könnte Edith recht haben, alles reiner Zufall. Doch wie auch immer, Wiesenmarkt hin oder her, irgendwas, das sagte ihm sein Gefühl, werde sich morgen dort abspielen. Wenn sie nicht dabei sind, dann könnten sie etwas Wichtiges versäumen. Was, wenn zum Beispiel die Festplatte in andere Hände gerät, zu jemanden, den sie derzeit überhaupt nicht am Radar hatten. »Edith, ich möchte Sie dringend bitten, fahren Sie mit mir nach Bleiburg. Sie sind die einzige, die die Männer aufspüren kann. Sie sind ein technisches Genie und zugleich eine

Kriminalistin, der hier kaum jemand das Wasser reichen kann.« Edith fühlte sich einerseits geschmeichelt, andererseits wusste sie genau, dass sie als Britin nicht einfach in Österreich auf Verbrecherjagd gehen dürfe. Was, wenn es tatsächlich zu einer gewalttätigen Konfrontation kommen würde, im schlimmsten Falle könnte sie sogar im Gefängnis landen. »Ich weiß nicht ...« Es war ihr sichtlich unangenehm, Bülent abzusagen. »Ich weiß nicht ...«, wiederholte sie. Dann ergriff sie Bülents Arm, mit dem er sich am Tisch abgestützt hatte. »Ich bin Engländerin, wir sind hier in Österreich, das ist für mich ein externes Hoheitsgebiet. Ich kann hier niemanden festnehmen oder gar auf jemanden schießen. Sie müssen das verstehen.« »Wenn Sie mich nur mit Ihrer technischen Expertise unterstutzten, dann ist mir schon sehr geholfen – und dagegen spricht ja wohl nichts, oder?« Edith zögerte einen Moment, dann stimmte sie zu. Sie würde nach Bleiburg mitkommen, doch würde sie sich an alle Spielregeln halten, über die sie eben gesprochen hatten.

Mirko und Dušan hatten Štepan verfolgt, bis er in das Haus in der Schmidgasse eingetreten war. Durch das Fenster hatten sie die Familie beobachtet, an deren Tisch Štepan dann Platz genommen hatte. Sie waren sich einig, dass sein Aufenthalt bei diesen Unbekannten wohl noch etwas länger dauern würde. So beschlossen sie, in Bleiburg zu übernachten. Sicherheitshalber hatten sie sich vorher schon nach brauchbaren Unterkünften umgesehen und waren auf das Hotel Breznik gestoßen, dass nur wenige Minuten von ihrem derzeitigen Aufenthaltsort entfernt lag. Als sie bei der Rezeption angelangt waren und nach einem Zimmer fragten – oder besser: sie fragten nach zwei Zimmern – schallte ihnen ein lautes Lachen entgegen: »Sie wissen aber schon, dass wir mitten im Wiesenmarkt sind, das ist das, was sie am Klopeiner See die Hochsaison nennen. Aber ich schau gerne nach.« Die Rezeptionistin, in einem lokalen Dirndl gekleidet, die weiße Bluse ließ ihren Busen extra hervorstechen, tippte ein paar Buchstaben in den Computer, der vor ihr stand. »Oh, Sie haben aber wirklich Glück. Ein Gast hat uns überraschend abgesagt, jetzt ist das Zimmer 302 frei. Aber, wie gesagt, es ist ein Doppelzimmer, mehr kann ich Ihnen nicht anbieten.« Die beiden nahmen das Angebot gerne an, sie hatten schon unter schlechteren Bedingungen gemeinsam Nächte verbracht. Mehrere Male mussten sie im Auto schlafen, abwechselnd, weil immer einer eine Wohnung überwachen musste, in der sich ihr künftiges Opfer aufhielt. Sie hatten ihn beim Verlassen des Hauses mit einer Pistole mit Schallschutz niedergestreckt, niemand hatte etwas gehört oder gesehen – der Mord wurde bis heute nicht aufgeklärt. Ein weiteres Mal schliefen – oder verbrachten – sie die Nacht im Freien: es war im Frühjahr, der Winter hatte sich kaum erst verabschiedet, doch in der Finsternis fielen die Temperaturen noch auf empfindliche sieben Grad. Sie waren einer Verfolgungsjagd entkommen, hatten sich gerade noch in einem Wald verstecken können. Ihnen war freilich bewusst, würden sie sich jetzt wieder auf die Straße wagen, müssten sie jeden Moment damit rechnen, von einer Streife entdeckt zu werden. Also drückten sie sich ganz eng aneinander, rauchten erst eine Zigarette nach der anderen, im Irrglauben, dass das Glühen des Tabaks sie etwas erwärmen würde, doch dann waren sie eingeschlafen. Zu ihrem Glück hatten sie das knapp überlebt:

in der Früh waren sie so erfroren, dass sie ihre Glieder kaum bewegen konnten. Nur mühsam hatten sie sich aus dem Wald geschleppt, die Polizei hatte die Suche nach ihnen in dieser Gegend längst aufgegeben.

Derzeit, davon waren sie überzeugt, sucht niemand nach ihnen. Sie hatten in Trögern keine Spuren hinterlassen, niemand hatte sie bei ihrer Flucht gesehen. Und im Landesklinikum, wo Mirko Erich noch einmal bei seinem Weg vom Leben in den Tod nachhelfen musste, war ebenfalls alles nach Plan abgelaufen.

Jetzt wartete ein sauberes, großes Fremdenzimmer auf sie, im dritten Stock, sie benützten den Aufzug, das Zimmer 302 lag am Ende des Ganges. Ihr Gepäck bestand aus zwei Sporttaschen, jeder hatte nur das Notwendigste gepackt. Zum Schlafengehen war es noch zu früh, außerdem bemerkten beide fast gleichzeitig, dass sie einen Riesenhunger hatten. Das Hotel war auch gleichzeitig als hervorragendes Restaurant bekannt und so dauerte es nicht lange, und die beiden saßen in der gemütlichen Gaststube, die nur einen Nachteil hatte: es war bummvoll und so laut, dass man sein eigenes Wort kaum verstand. Die Kellnerin, die wie offenbar das gesamte Personal im Hause ebenfalls ein Trachtenkleid trug, bot ihnen einen Platz an, an dem schon vier Personen saßen, zwei Männer und zwei Frauen. Mirko und Dušan grüßten höflich, fragten ausdrücklich, ob jemand etwas dagegen habe, wenn sie sich dazusetzten und nahmen, nachdem sie das Stimmengewirr als Zustimmung interpretierten, am Tisch Platz. Solange sie die Speisekarte studierten, wurden sie in Ruhe gelassen. Dann ließ sich eine Konversation mit den anderen Gästen nicht mehr aufhalten. »Woher kommen Sie denn. Sind sie auch Fieranten?« Den ersten Teil der Frage hatte Mirko, der direkt neben dem Fragesteller saß, noch verstanden, beim „Fieranten" musste er jedoch passen. »Wir kommen, äh, aus Wien. Sind aber nur auf der Durchreise. Sagen Sie, ist das immer so voll hier?« »Es ist Messe-Wochenende, genauer Bleiburger Wiesenmarkt – das hat sich wohl noch nicht bis Wien herumgesprochen, oder?« Mirko und Dušan hatten außer bei der Rezeption noch nie davon gehört, doch ihr Gesprächspartner hatte sie neugierig gemacht. »Wiesenmarkt – ein Markt auf der Wiese?« Sofort lachte der ganze Tisch hell auf. »So kann man es auch nennen. Diese Tradition gibt's schon seit über 600 Jahren.« Und einer nach dem anderen erzählte den beiden Fremden alles, was man über den Wiesenmarkt wissen musste, aber nicht wagen würde, danach zu fragen. Immerhin hatten die Schilderungen ihre Neugier geweckt. Vielleicht lag es auch am Hinweis, den einer der Männer eher beiläufig eingestreut hatte, dass auch viele junge Damen hierher kämen, die »na, sie wissen schon ...« die also an einem Techtelmechtel durchaus interessiert sein würden. »Also, wenn Sie schon da sind, dann sollten Sie morgen unbedingt dabei sein.« Ein Paar gab sich dann als Betreiber der Hochschaubahn zu erkennen, als sich das zweite Paar vorstellte, glaubten Mirko und Dušan ihren Ohren nicht zu trauen. »Ich bin Andreas Steinkellner und bin Polizist. Aber Sie brauchen keine Angst zu haben, ich wohne nur hier in Bleiburg, sonst arbeite ich in Klagenfurt.« Mehr wollte der Mann über sich und seine Tätigkeit nicht verraten, kein Wunder, er war ja auch nicht ein gewöhnlicher Beamter, sondern Leiter der Kriminalpolizei mit Dienstort Klagenfurt. Er hatte am Tag zuvor mit Bülent Erdovan über den mysteriösen Anschlag gegen einen Mitarbeiter des Bundeskanzleramtes gesprochen, er hatte auch im Landesklinikum nach Spuren gesucht, als Erich Grössling dort beinahe ein zweites Mal Opfer eines Attentats wurde. Jetzt saßen Täter und Kriminalist an einem Tisch und unterhielten sich über den Bleiburger Wiesenmarkt. Das Bild, das Steinkellner im Überwachungsvideo des Klinikums gesehen hatte, kurz nachdem Erich Grössling mit dem Polster erstickt hätte werden sollen, war so körnig, dass die Person nur sehr undeutlich zu erkennen war. Jedenfalls zu undeutlich, als dass Steinkellner sein Gegenüber als den Täter identifizieren hätte können.

Der Abend war lang, das Bier schmeckte besonders gut, irgendwann ließ sich auch der Wirt blicken, der, nicht nur zu Messezeiten, immer durchs Lokal schritt, um mit seinen Gästen zu plaudern. Mirko und Dušan hatten trotz des gesteigerten Bierkonsums nicht verraten, was der eigentliche Grund ihres Aufenthaltes in Bleiburg war, sie gaben sich als Geschäftsleute aus, die im benachbarten Slowenien ein paar Kunden treffen wollten. Den Hochschaubahn-Tischnachbarn fiel auch nicht auf, dass sich Dušan mehrmals am Abend vom Tisch entfernte und erst nach jeweils zehn Minuten zurückkam. Steinkellner hingegen wunderte sich: gut, sie haben alle schon ziemlich viel Bier getrunken, doch es müsste reichen, ein- oder maximal zwei Mal auf die Toilette zu gehen. Aber vier Mal, das erschien ihm schon ungewöhnlich.

Mirko hatte mit Dušan vereinbart, dass einer der beiden immer wieder in die Schmidgasse gehen sollte um nachzusehen, ob sich Štepan noch bei der Familie aufhielt. Beim letzten Mal sah Dušan beim Blick durch das Fenster, dass die Frau im Hause Štepan einen Pyjama zeigte – so wie sie ihn vor ihm hinhielt, sah das sehr danach aus, als würde sie ihm das Nachtgewand und damit auch eine Übernachtung im Haus der Familie anbieten. Das beruhigte Dušan sehr, der diese Erkenntnis gleich bei seiner Rückkehr Mirko ins Ohr flüsterte. Weil der Lärmpegel doch nun derartige Ausmaße angenommen hatte, dass Mirko außer „Pyjama" nicht verstanden hatte (und Dušan Mirko ja angesichts der Umstände nicht anschreien konnte), verließen beide kurzfristig den Tisch und gingen vor die Haustüre. Sie waren spürbar erleichtert, dass sie nun in einem Ton miteinander sprechen konnten, der ihre Stimmbänder nicht weiter strapazieren würde. Dušan schilderte seinem Kollegen, was er im Haus, in dem sich Štepan aufhielt, beobachtet hatte. »Der bleibt sicher über Nacht und – wenn wir Glück haben – dann geht er morgen auch auf den Wiesenmarkt.« »Was heißt ›auch‹?«, fragte ihn Mirko erstaunt. »Sollen wir nicht auch noch einen Tag anhängen – wie oft kommen wir schon zu so einem Volksfest?«, erwiderte Dušan. »Aber wir haben doch eine Aufgabe zu erledigen, hast Du das schon vergessen? Wir müssen an die Festplatte heran, und bis jetzt wissen wir gar nicht, ob Štepan das Ding wirklich hat.« Als die beiden den Tisch verlassen hatten, entschuldigte sich Steinkellner bei seiner Frau und dem anderen Ehepaar mit dem Hinweis, er müsse nun auch auf die Toilette. Tatsächlich folgte er in einigem Abstand den beiden Männern, die auf den Ausgang zugingen. Der Kriminalbeamte kannte das Hotel bzw. das Restaurant wie seine Westentasche und wusste, dass es noch einen zweiten Ausgang gab. Dort war die Türe zwar verschlossen, doch der Schlüssel steckte von innen. Er sperrte auf, öffnete die Türe vorsichtig und sah durch den Spalt, wie sich Mirko und Dušan unterhielten. Akustisch konnte er nichts wahrnehmen, dazu war er zu weit entfernt, doch an den hektischen Handbewegungen vor allem einer der beiden Männer konnte der erfahrene Kriminalist doch so etwas wie Aufregung herauslesen. Jetzt galt es schnell zu handeln. Steinkellner eilte ins Gastzimmer zurück, bat die Kellnerin, die er als regelmäßiger Gast und Bleiburger gut kannte, ihm ohne viel zu fragen zwei Biergläser zu geben. Mit den beiden Gläsern ging er rasch durchs Lokal, lächelte freundlich zurück, wenn ihm ein Gast zurief, ob er jetzt auch als Ober tätig sei und, am Tisch angekommen, leerte er das restliche Bier aus den Gläsern der beiden Männer in die neuen um. Da er, selbst wenn er dienstfrei hatte, immer sterilisierte Plastiktüten bei sich hatte, nahm er die beiden gebrauchten Gläser und steckte sie vorsichtig in die beiden Säckchen. Das andere Paar, das ihm bei dieser seltsamen Aktion zusah, war freilich schon so illuminiert, dass sie sich keinen Reim daraus machen konnten. Ein Kriminalbeamter wird schon wissen, was er tut, dachte der Hochschaubahn-Betreiber, während seine Frau, man sah es ihr an, gerade dabei war, eine Frage zu formulieren. »Psst, alles ist gut! Einfach nichts sagen.« Steinkellner sagte das mit so einer Bestimmtheit, dass die beiden kein Wort mehr herausbrachten. Unterdessen hatte er sich gebückt und die beiden Tüten mit den Biergläsern unter der Sitzbank hinter seinen Beinen versteckt. In dem Augenblick kamen auch schon die Männer zurück, die er draußen beim Eingang beobachtet hatte. Steinkellner war so geschickt vorgegangen, dass sie nichts bemerkten, als sie sich wieder hinsetzten und das restliche Bier austranken.

Eine komplexe Aufgabe stand dem Kriminalbeamten freilich noch bevor: er musste die Gläser unbemerkt hinaus schwindeln, ohne das Misstrauen der fremden Männer zu wecken und das auch möglichst rasch. Er ging zur Theke, ließ sich drei Bierflaschen in einen braunen Papiersack einpacken und kam damit zurück zur illustren Runde. »Ich nehme mir noch etwas mit nach Hause«, erklärte er den anderen, stellte den Papiersack unter die Bank, holte eine Flasche heraus, zeigte sie vor (»Eh nicht für heute, aber wir haben kein Bier mehr zuhause«) und packte geschickt die beiden Gläser und die Flasche in den braunen Sack. »So, für uns wird es jetzt Zeit«, sagte Steinkellner und blickte dabei seine Frau an. »Danke für den netten Abend. Vielleicht sehen wir uns morgen dann auf dem Markt?!« Dabei lächelte er jeden einzelnen der Tischgäste an, das Ehepaar erhob sich und sie verließen, nachdem sie die Rechnung beglichen hatten, das Lokal. »Was machst denn Du für Sachen?«, fragte ihn seine Frau, als sie schon wieder draußen auf der Straße standen. »Geheim, geheim …«, antwortete er und seine Frau musste sich mit dieser Antwort zufriedengeben. Sie wusste schließlich, mit wem sie seit 24 Jahren verheiratet war. So ganz geheim blieb die Angelegenheit dennoch nicht: Steinkellner holte sein Handy aus der Tasche, rief die örtliche Polizei-Dienststelle an, bat den Beamten, jemanden zu schicken, der zwei Gefäße zur DNA-Abklärung nach Klagenfurt bringen müsste. »Bitte sagen Sie dem Kollegen, dass alles sehr schnell gehen muss, ich brauche morgen Vormittag das Resultat. Die Klagenfurter sollen sich auch beeilen.«

Bevor sie sich nach Bleiburg begaben, fuhren Edith und Bülent noch nach St. Primus zu Martina. Bülents Frau hatte von Edith nur gehört, in Kindberg waren sie (»wegen des Zwischenfalls«, wie Martina die Entführung nannte) nicht persönlich zusammengetroffen. »Ich freue mich sehr, Sie kennen zu lernen«, sagte Martina, als die beiden ins Haus eintraten. »Ganz meinerseits,« erwiderte Edith. Sie blickte in ein freundliches Gesicht mit graublauen Augen, das leicht graugetönte Haar war hinten mit einer Klammer festgemacht. Um den Hals trug sie einen bunten Seidenschal, dessen Enden im Ausschnitt des roten Pullovers verschwanden. »Soll ich die Schuhe ausziehen?«, fragte Edith und hob gleichzeitig den rechten Fuß, um den Schuh abzunehmen. »Nein, nein, lassen Sie ruhig an«, riefen Martina und Bülent fast gleichzeitig und führten Edith in das gemütliche, modern eingerichtete Wohnzimmer. »Wow, was haben Sie für einen schönen Ausblick – aber Sie müssen mir helfen. Oder, nein, den spitzen und den runden kenne ich schon, den hat mir Bülent vom Hotel Amerika aus gezeigt. Das ist der ... äh ... Uber?« »Obir, der Hochobir und der Kleinobir«, verbesserte sie Martina und zeigte ihr dann die Karawanken (»Genauer: die Steiner Alpen, die sind schon in Slowenien.«) und ganz im Osten die Petzen -»oder: der Peeetzen, wie die Deutschen so schön sagen.« Martina hatte ein einfaches Mittagessen vorbereitet, das meiste war dem Tiefkühlschrank entnommen, vor einem Jahr hatte auch der letzte Feinkostladen im Ort geschlossen, nach der Bäckerei und einem Adeg-Laden gab es nun keine Möglichkeit mehr, in St. Primus einzukaufen. Sie setzten sich an den schon gedeckten Tisch und plauderten über alles, nur nicht darüber, was Edith und Bülent heute noch bevorstand. Edith erzählte über ihre beiden Kinder, die derzeit von ihrem geschiedenen Mann in

London betreut wurden, Sascha, der ältere, hatte eben einen Job bei einem britischen Börsenhändler begonnen, Judith studierte seit zwei Jahren Medizin. Dann berichtete Martina über ihren Nachwuchs: »Unsere Kinder sind schon etwas älter, die Tochter lebt und arbeitet bei einer deutschen NGO, der Sohn in einem Ministerium in Wien, seit einem Jahr sind wir auch schon Großeltern.« Bülent holte sein Handy heraus und zeigte Edith ein paar Fotos und Videos des „Kleinen Bären", wie sie ihren Enkel nannten. Apropos: da fiel Bülent ein, dass er weder Martina und schon gar nicht Edith sein Zusammentreffen mit dem Bären in Trögern geschildert hatte. Beide Frauen blickten ihn mit weit aufgerissenen Augen an, Bülent übertrieb auch ein wenig, was den Abstand zwischen ihm und dem Zotteltier betraf: »Ich hätte ihn fast berühren können, oder noch schlimmer: er hätte mich mit dem Schlag seiner Tatze umwerfen können.« »Und das wolltest Du mir verheimlichen«, rief Martina, fast schon ein wenig zu laut, so aufgeregt hatte sie diese Erzählung. »Nein, natürlich nicht, aber es ist so viel passiert in diesen letzten zwei Tagen, dass mir gar nicht mehr alles eingefallen ist.«

Nach dem Mittagessen beschlossen sie nach Bleiburg zu fahren. Martina hatte dort eine enge Freundin, Elisabeth, die sie allerdings längere Zeit nicht mehr gesehen hatte. Und weil Bülent ohnehin einen ruhigen Platz benötigte, an dem er und Edith ihre Computer aufbauen und das Geschehen vor Ort so nahe wie möglich im Auge behalten wollten, rief Martina sie an, ob die beiden eventuell dort für ein paar Stunden ein provisorisches Quartier aufschlagen könnten. »Ah, ihr wollt sicher den Wiesenmarkt besuchen?«, entgegnete Elisabeth, die sich freute, Martina und Bülent wieder zu sehen. »Oh, ja gerne, aber nur, wenn Du mit mir gehst – die beiden anderen haben, glaube ich, etwas anderes zu tun ...« Elisabeth sagte zu und so machten sich alle drei nun auf den Weg ... Edith war verwundert, als sie in Eberndorf/ Dobrla vas die zweisprachige Ortstafel sah. Ähnliches war ihr auch schon in St.Primus/Št. Primoz aufgefallen, sie hatte vergessen, sich bei ihren Bekannten danach zu erkundigen: »Warum steht hier alles in zwei Sprachen?«, fragte sie nun. Martina wusste Bescheid: »Wir sind immer wieder überrascht, wie wenig sich das im Rest von Österreich herumgesprochen hat – aber Du bist entschuldigt, Du bist ja nicht hier aufgewachsen. Weißt Du, hier leben auch Kärntner Slowenen, und denen wurde im Staatsvertrag 1955 zugesichert, dass sie auch eigene Bezeichnungen bekommen.« Weil diese Erklärung nur einen Teil einer komplizierten Angelegenheit umfasste, holte sie ein wenig aus. Und sie erzählte vom Ortstafelkonflikt 1972, als die damalige Regierung beschlossen hatte, endlich den Staatsvertrag zu erfüllen und solche zweisprachigen Straßenschilder aufzustellen. Fast noch am selben Tag, oder in der Nacht, wurden die Tafeln von einer wütenden Menge wieder entfernt. Danach zog sich das Problem bis zum Jahr 2011 hin (»Du wirst es nicht glauben, es dauerte länger als der Kalte Krieg, länger als die Berliner Mauer stand ...«), als endlich eine Lösung gefunden wurde, die alle Betroffenen einigermaßen zufrieden stellte. »Wisst ihr was, wir gehen schnell noch auf einen Kaffee zur ›Evi‹«, unterbrach Bülent den Zeitgeschichte-Unterricht seiner Frau und bog links von der Hauptstraße ab. Es war eine instinktive Idee, mit dem Café verband er immer das Zeitungslesen – nirgendwo

sonst in näherer Umgebung konnte man „Die Presse",
den „Standard" und die „Kleine Zeitung" lesen und,
ja, ok, auch die „Krone". Das ging jetzt natürlich nicht,
dachte Bülent, nicht wenn ich mit zwei Damen unterwegs bin.

Vor ihnen tauchte das mächtige Stift von Eberndorf
auf, in dessen prächtigen, quadratischen Innenhof im
Sommer immer unterhaltsame Theateraufführungen
stattfanden. Sie blieben auf dem großen, voll asphaltier-
ten Parkplatz stehen, kein einziger Schatten spendender
Baum war hier gepflanzt worden, und gingen in das Café
„Evi". Edith war erstaunt: statt wie gewöhnlich eckige
Holznischen mit gepolsterten Bänken standen überall
bequeme Ohrensessel, Zwei- oder Dreiercouchen, Kris-
tallluster hingen von der Decke – alles machte einen sehr
gemütlichen Eindruck. Bülent beobachtete Ediths be-
wundernde Blicke. »Warte, bis Du die Süßspeisen siehst
– ich empfehle Dir die ›Wald- und Wiesentorte‹, sie wird
Dir auf der Zunge zergehen.« Und so war es dann auch.
Jeder bestellte ein unterschiedliches Stück, sie teilten un-
tereinander, tranken Kaffee, Martina tauschte noch ein
paar freundliche Worte mit Evelyn aus, der immer gut
gelaunten Chefin der Konditorei. Danach waren sie so
vollgefüllt, dass sie am liebsten wieder nach Hause gefahren wären und sich ausgeruht hätten. Doch Bülent
hatte noch eine komplexe Aufgabe vor sich, also fuhren
sie weiter. Ein Ort, oder Örtchen, reihte sich ans andere,
zwischendurch ein kurzes Waldstück, links ein Feld mit
gold-gelben Sonnenblumen, rechts eines, in dem der
hochgewachsene Weizen im schwachen Wind schaukelte.

In St. Michael ob Bleiburg (Šmihel v Pliberku) nahm
Bülent den Fuß vom Gaspedal, er fuhr fast im Schritt-

Tempo. Er wollte Edith „Das Gšeft" zeigen, das regionale Waren quasi ökologisch anbot, bei jedem Produkt stand nicht nur das Preisschild, sondern auch die Kilometer-Angabe, also wieweit das Mehl, der Wein oder der Käse transportiert worden sind, bis sie hier im Laden landeten. »Im ›Gšeft‹, servieren sie auch den besten Cappuccino von ganz Unterkärnten. Aber leider ist es heute geschlossen, sicher wegen dem Wiesenmarkt«, erklärte Bülent bedauernd und beschleunigte wieder.

Schon in Ebersdorf/Nonča vas, einem Vorwort von Bleiburg, waren links und rechts der Straße alle Parkplätze besetzt, oder besser: die Geh- und Fahrradwege, denn Parkplätze gab es dort nur sehr spärlich. Ein Autohändler, der sein Geschäft schon vor vielen Jahren aufgegeben hatte, bot sein Grundstück als Parkplatz an, 10 Euro für den ganzen Tag. Das dürfte vielen durchaus gepasst haben, denn auch dort war kein freies Plätzchen zu sehen. Doch für Bülent und seine Mitfahrer war das kein Problem – sie konnten direkt zum Haus von Martinas Freundin vorfahren. Je näher sie an das Ortszentrum kamen, desto vollgestopfter war die Straße. Autolenker, die im Schritttempo fuhren, weil sie Ausschau hielten, wo sie ihr Fahrzeug hinstellen konnten, Fußgänger, die schon ausgestiegen waren oder gar dem Rat der Gemeinde gefolgt waren und tatsächlich öffentliche Verkehrsmittel genommen hatten, Feuerwehrmänner und Polizisten, die versuchten, dem Chaos Herr zu werden. Das GPS führte sie zielgenau an die richtige Adresse; bei der Paulitschstraße bogen sie links ab, dann waren sie angekommen. Auch hier war alles voll geparkt, nur die Einfahrt zum Haus war frei. Bülent läutete an der Glocke am Zaun, gleich danach schob sich das elektrische

Tor zur Seite. Das Gebäude war nicht älter als zehn Jahre, ganz in Weiß gehalten, eine moderne Architektur mit Fensterscheiben, die vom Boden bis zur Decke reichten. Von dort gelangte man auf eine großzügige Terrasse, an die direkt ein Schwimmbecken anschloss. »Hier ist Geld zuhause«, dachte Bülent, der zum ersten Mal bei Martinas Freundin Elisabeth zu Besuch war. Tatsächlich war der Ehemann ein erfolgreicher Unternehmer, der erst kürzlich am nahegelegenen Hausberg ein ungewöhnliches Bergrestaurant errichtet hatte. Elisabeth zeigte sich an der Haustür. Sie war groß gewachsen, Bülent hatte sie, als er sie das erste Mal in Klagenfurt getroffen hatte, auf einen Meter fünfundachtzig geschätzt, doch sie war, wie sie einmal verriet, noch größer: einen Meter neunundachtzig. Bis zu ihrem sechsundzwanzigsten Lebensjahr hatte sie Basketball gespielt, es bis in die österreichische Nationalmannschaft geschafft, zu der Zeit lebte sie als Studentin in Wien. Als Kärntnerin war sie bei ihren Teamkameradinnen besonders beliebt, sie hatte immer einen Scherz auf den Lippen und im Spiel unter dem Korb war sie kaum zu stoppen. »Das ist Edith aus England, aber sie spricht perfekt Deutsch, falls Du Sorge hast, dass Dein Englisch schon etwas angerostet ist …« Auch Bülent machte gerne Witze, Elisabeth nahm ihm das nicht übel. »Und vielen Dank, dass wir uns hier bei Dir einquartieren dürfen, aber keine Sorge, wir werden nicht übernachten.« »Das wäre auch kein Problem, aber kommt rein, ich habe schon einen Kaffee für euch gekocht.« Edith blickte auf die Uhr. Es war kurz vor vier am Nachmittag, tea-time sozusagen, aber in Österreich hatte sie sich ohnehin schon daran gewöhnt, dass Tee eher die Ausnahme und Kaffee die Regel war. „Gerne", sagte Martina im Namen ihrer Gruppe, sie wusste, dass Bülent am Nachmittag immer einen Koffein-Stoß brauchte, wenn es sein musste, auch einen zweiten, um zu überleben. Elisabeth war natürlich neugierig, warum Bülent, von dessen journalistischen Errungenschaften sie schon viel gehört und zum Teil auch gelesen hatte, ausgerechnet jetzt, während des Wiesenmarktes, in Bleiburg Station machte. Eine Recherche über das Marktgeschehen im hintersten Winkel Österreichs? Und was soll diese Frau an Bülents Seite. Sie kannte Martina so gut, dass sich die beiden Frauen immer gegenseitig ausgetauscht hatten. Wenn also Bülent mit … äh, wie hieß sie gleich – Elisabeth dachte kurz nach – … ach, ja, Edith, wenn also Bülent mit dieser Edith ein Verhältnis hätte, dann wäre ich von Martina sicher informiert worden – außer sie wusste selbst nichts davon. Doch dass die dann zu dritt hier auftauchen, das wäre mehr als seltsam. Irgendwie erschien das Elisabeth zu weit hergeholt. Nein, es muss schon irgendetwas anderes, Spezielles sein. Sie wollte vorsichtig an die Sache herangehen. »Also wirklich schön, dass ihr da seid – auch wenn ich ehrlich sagen muss: ein wenig überraschend war das schon …« »Ja, das hat sich so ergeben«, antwortete Bülent ein wenig kryptisch. »Wir müssen hier etwas recherchieren, Edith hilft mir dabei. Edith ist … wie soll ich sagen … eine Spezialistin für Geheiminformationen. Das ist es jedenfalls, woran sie in England arbeitet. Und jetzt hilft sie mir hier.« Dann sagte Bülent, er habe Ediths Mutter zufällig in einer Bäckerei in Kindberg getroffen, sie hatte ihm erzählt, dass ihre Tochter auch so einen ähnlichen Beruf habe wie er und sie sei gerade in Österreich und es sei ihr ohnehin ein bisschen langweilig und so kam eines zum anderen. Elisabeth nahm ihm das nicht ab. Sie wusste, wie viele Preise – bis hin zum *Journalisten des Jahres* – Bülent schon bekommen hatte. Da passte es nicht wirklich ins Bild, dass er jetzt eine Frau mit »einem ähnlichen Beruf« hierher mitnimmt. Doch, auch gut, wenn er mir nicht sagen will, was wirklich dahintersteckt, wird er schon seine Gründe haben. »Elisabeth, hast Du vielleicht noch ein Zimmer – ich meine so eine Art Büro – wo wir unsere Computer aufbauen können ...« Das wird ja immer besser, dachte Elisabeth, jetzt wollen sie vielleicht noch kuscheln, bei mir, wo sich im Nebenzimmer Martina aufhält. Doch Martina warf rasch ein: »Alles in Ordnung, Eli, Du musst Dir keine Gedanken machen, die arbeiten wirklich!«

Dragomir hatte heute seinen freien Tag. Es war gar nicht so einfach gewesen, seinen Chef zu überzeugen, dass der Bleiburger Wiesenmarkt für einen Einheimischen einfach unverzichtbar war. Und so hatte es viel Überredungskunst gebraucht, um frei zu bekommen. Štepan war an seiner Seite, sie machten sich zu Fuß ins Marktgelände auf. Štepans größte Sorge war es, was er mit der Festplatte machen sollte: sie in das hektische, turbulente Geschehen mitzunehmen, erschien ihm riskant; andererseits wollte er sie auch nicht einfach in einem fremden Haus liegen lassen – der pubertierende Sohn war, das hatte er beim Abendessen erfahren, auch ein Computer-Freak. Was, wenn er die Abwesenheit der Eltern und des Eindringlings dazu benützen würde, sich im Zimmer, wo Štepan übernachtet hatte, genauer umzusehen und dabei auf die Hard Disk zu stoßen. Doch das erschien Štepan letztlich doch die geringere Gefahr, als von einem Betrunkenen angetölpelt oder gar umgestoßen zu werden und dabei die Festplatte zu verlieren. Štepan hatte sich im Zimmer genau umgesehen: wo war ein geeigneter Platz, DER geeignete Platz, um dieses kostbare Ding zu verstecken? Auf der Fensterbank, hinter dem Vorhang? Im Glaskasten hinter den Trophäen? Im Kleiderschrank, irgendwo zwischen den Wäschestücken? Unter der Matratze? Oder gleich unter dem Bett? Štepan entschied sich für die Matratze. Er hob sie am vorderen Eck hoch, sah darunter einen Lattenrost und legte die Festplatte darauf. Danach positionierte er die Matratze wieder vorsichtig auf ihren Platz, nichts ließ darauf schließen, dass er darunter etwas verstaut hatte. Drago erzählte ihm unterdessen am Weg zum Vergnügungspark, wie er hier in Bleiburg gelandet war: nach dem Balkan-Krieg war er, wie so viele Betroffene, nach Slowenien gezogen. Dort hatte er nur gelegentlich einen Job gehabt, doch schon nach einem halben Jahr pendelte er zur Firma Mahle nach St. Michael ob Bleiburg. Der riesige Konzern war hungrig nach Arbeitskräften, Kärnten hatte gar nicht so viele anzubieten und so waren auch zahllose Slowenen dort beschäftigt, die meist gleich hinter der Grenze wohnten. Zehn Jahre später hatte er sich so viel zusammengespart, dass er sich ein Haus in Bleiburg kaufen konnte. Doch auch Mahle, die hauptsächlich Filter und Dichtungen für Verbrennungsmotoren herstellten, hatte – wie so viele deutsche Unternehmen – die Umstellung auf Elektromotoren verschlafen und daher viele Beschäftigte abgebaut. Auch er war eines der Opfer. So kam ihm der Bau des Koralm-Tunnels gelegen. Erst war er unter Tag tätig, als ihm die Arbeit dann körperlich zu sehr belastete, heuerte er als Buschauffeur an. »Und das mach ich jetzt seit einem halben Jahr – allzu lange wird das eh nicht mehr gehen, denn bald werden die Züge auf der neuen Strecke unterwegs sein und dann ist es mit dem Schienen-Ersatzverkehr zu Ende.« Mittlerweile waren sie am Gelände angekommen. Drago, der den Wiesenmarkt jedes Jahr besuchte – in den vergangenen zwei Jahren war er wegen Corona abgesagt worden – wusste über eine Schwachstelle genau Bescheid. Darum hatte er Štepan vor dem Weggehen ein paar Stiefel angeboten, in den letzten zwei Tagen hatte es wieder stark geregnet und das verwandelte viele Stellen auf der Wiese in ein Meer aus Schlamm und aufgeweichter Erde. In vielen Bereichen hatte man vorsichtshalber Holzabfälle gestreut, vor allem dort, wo die Kinder zwischen dem Autodrom und dem Karussell, dem Riesenrad und der Zuckerwatte umherliefen. Doch vor dem Werkzeugmarkt und den landwirtschaftlichen Maschinen lagen die Wege einfach zu weit auseinander, als dass man dort das gesamte Gras hätte abdecken können. So waren ihre Stiefel auch bald mit braunem Schmutz bedeckt. Je weiter sie sich ins Geschehen hineintreiben ließen, desto lauter wurde die Umgebung. »Worauf hättest Du denn Lust?«, fragte Drago seinen alten/neuen Freund. »Setzen wir uns irgendwo rein, wo es lustige Musik gibt, ein Bier und vielleicht ein paar schöne Frauen.« Auch dabei kannte sich Štepan aus. Sie gingen zwei Zelte weiter, durch einen breiten Eingang, um dann an einem langen Tisch Platz zu nehmen. »Da ist keine Bedienung, da muss man sich selbst etwas holen, aber ich mach das schon«, sagte Štepan und entfernte sich Richtung der langgezogenen Theke. »Nein, auf keinen Fall, das zahl' ich jetzt. Ich geh' mit!«

Mirko und Dušan hatten die beiden schon einige Minuten verfolgt. Immer wieder hatten sie seit dem Vormittag abwechselnd das Haus beobachtet, in dem Štepan die Nacht verbracht hatte, als dieser dann mit einem anderen Mann zum Wiesenmarkt unterwegs war, folgten ihnen die beiden in gehörigem Abstand. Sie hatten keine Ahnung, dass sie selbst auch längst unter Beobachtung standen. Am Vormittag hatte Kriminaloberst Andreas Steinkellner das Ergebnis der DNA-Untersuchung übermittelt bekommen. Seine Vermutung hatte sich bestätigt: die Spuren auf den Biergläsern stimmten mit jenen überein, die sie am Tatort in Trögern aufgefunden hatten. Ob nun nur einer oder beide gemeinsam die Tat begangen hatten, müsse, das wusste Steinkellner, dann von der Justiz aufgeklärt werden. Drei weitere Kriminalbeamte, alle in Zivil und miteinander mit Sprechfunkgeräten verbunden, beobachteten jeden Schritt der beiden Männer. Ein wenig verdächtig erschien es vor allem Steinkellner, dass die zwei sich immer wieder hinter Zeltplanen oder Holzhütten versteckten, während sie das Gelände durchquerten: nur wen genau sie im Auge hatten, das war den Beamten angesichts der Menschenmenge nicht klar. Steinkellner überlegte, ob er das Kommando »Zugriff!« jetzt geben oder damit warten sollte, bis auch der dritte Unbekannte – jener, den diese beiden Männer offensichtlich in ihrem Visier hatten – von den Verdächtigen eingeholt worden war. Der Kriminalbeamte sprach sich mit den anderen Kollegen ab und entschied dann, doch abzuwarten.

Mirko und Dušan waren Štepan immer nähergekommen. Doch als diese im Bierzelt eine Pause einlegten, war ihnen klar, dass das nicht der geeignete Ort war, um ihren Plan umzusetzen: Štefan zu konfrontieren und ihm die Festplatte abzunehmen. Also setzten sie sich an einen anderen Tisch, entfernt und doch so nah, dass sie ihr Opfer immer im Auge behalten konnten.

Edith hatte ihre Laptops wieder aufgeklappt, ihre Spyware hochgefahren und war gerade dabei, Bülent zu erklären, was am Bildschirm zu sehen war: »Diese beiden Punkte gehören den Männern – gehen wir einmal davon aus, dass es tatsächlich Männer waren – die sich auch zum Zeitpunkt des Überfalls in die Sendemasten in der Nähe von Trögern eingeloggt hatten. Die sind jetzt mitten auf einer Wiese, seltsam.« »Das ist das Gelände des Wiesenmarktes«, warf Bülent ein. So gut kannte auch er sich aus, dass er wusste, auf welchem Platz das alljährliche Fest ausgetragen wird. »Und hier, der rote Punkt – hier, siehst Du, in der Schmidgasse, der hat sich schon seit Stunden nicht mehr bewegt, das muss die Festplatte sein. Damit ist aber auch klar, dass die beiden Männer – nennen wir sie ›aus Trögern‹ – die Hard Disk nicht bei sich haben. Und sie hatten sie auch gestern Abend nicht bei sich. Ich habe sie nämlich getrennt von der Festplatte in einem anderen Haus geortet. Ich habe dann nachgesehen, das war das Hotel Breznik, offenbar haben sie dort übernachtet.« Bülent formulierte seine Gedanken laut, so dass ihn auch Edith verstehen konnte: »Als ich von Trögern zurück zu meinem Auto ging, ist mir ein Fahrzeug aufgefallen, das dann bei dem abgerutschten Felshaufen nicht mehr vorbeikonnte. Und später, als ich mit meinem Wagen gerade am Parkplatz ankam, ist von dort mit hoher Geschwindigkeit ein schwarzer SUV davongefahren. Das hätte ein Komplize sein können, der mit einem zweiten Wagen unten auf sie gewartet hat. Das mag sich zwar seltsam anhören, aber es könnte so gewesen sein. Und dieser dritte, der könnte, auf welchem Weg auch immer, diese Festplatte an sich genommen haben. »Edith, kannst Du herausfinden, ob in dem Haus, in dem Du die Festplatte entdeckt hast, der gleiche Mann übernachtet hat, der vom Parkplatz weggerast ist?« »Prinzipiell ja, aber das wird ein wenig dauern.« Wieder tippte sie ein paar Codes in ihren speziell ausgerüsteten Laptop, der Bildschirm zeigte kurz darauf die Trögerner Klamm und tatsächlich vereinigten sich dort die beiden Handys mit einem dritten Punkt. Dann bewegten sich alle drei von diesem Parkplatz fort. »Also, die sind wohl zu dritt«, schloss Bülent, zwar haben sie getrennt übernachtet, aber alle hier in Bleiburg.« Edith fand noch eine zusätzliche Bestätigung für diese Theorie. Der GPS-Finder, den sie auf die Festplatte eingestellt hatte, zeigte deutlich an, dass ein Handy und die Hard Disk am selben Ort waren. »Doch schau, Bülent«, rief Edith plötzlich lauter als bisher, »jetzt geht der mit dem Handy aus dem Haus, die Festplatte hat sich aber nicht bewegt.« »Kann es sein, dass das GPS die Ortung verloren hat, oder dass die Festplatte tatsächlich im Haus verblieben ist?« »Keine Sorge, mein GPS ist absolut vertrauenswürdig – wenn es einen Fehler gäbe, würde es mir das auch anzeigen.« Sie blickten beide auf den Bildschirm und bemerkten mit einigem Erstaunen, dass sich alle drei Handys nun zwar mit einem kleinen Abstand, doch beinahe parallel in die gleiche Richtung bewegten. Für Bülent war das klar: sie gingen alle drei, wenn auch nicht gemeinsam, zum Wiesenmarkt. War das jetzt ihre Chance, die Festplatte an sich zu nehmen. »Wenn wir nur wüssten, ob jetzt alle Bewohner dieses Hauses unterwegs sind, dann könnten wir ...«, warf Bülent ein und blickte Edith fragend an. »Du willst doch nicht im Ernst jetzt dort einbrechen wollen?« »Siehst Du eine andere Möglichkeit, wie wir an das wertvolle Ding herankommen? Mit einer Angel durch den Kamin wird es wohl nicht gehen!« »Come on, dumme Idee«, erwiderte Edith ein wenig verärgert. Bülent ließ nicht locker: »Lass uns hingehen und die Umgebung erkunden, dann können wir immer noch entscheiden, welche Lösung die beste ist.« Edith gab nach und wenige Minuten später machten sie sich auf den Weg, nicht ohne vorher Martina und Elisabeth Bescheid zu geben, dass sie ein wenig »Luft schnappen« wollten. Martina und ihre Freundin wollten aber ohnehin den Wiesenmarkt besuchen und hatten gar nicht damit gerechnet, dass die beiden sie dorthin begleiten würden.

Steinkellner war durch einen anderen Eingang ins Bierzelt eingetreten. Seine Leute hatten sich strategisch so verteilt, dass sie, ohne aufzufallen, jederzeit zugreifen konnten. Hier im Zelt war es auch leichter herauszufinden, wem die Aufmerksamkeit ihrer beiden Verdächtigen galt: die Beamten sahen an ihren Augenbewegungen, wem sie folgten: es waren die beiden Männer, die sich an der Theke gerade ein Bier einschenken ließen. Steinkellner flüsterte durch das Sprechfunkgerät: »Die beiden Männer an der Theke, das müssen die sein, denen unsere beiden so viel Aufmerksamkeit schenken. Wir müssen also ab jetzt alle vier im Auge behalten. Und: auch wenn die Verlockung groß ist, bitte kein Bier holen!« Štepan und Dragomir gingen mit dem Bier zurück auf ihren Platz. Wohl weil es noch relativ früh und die Zahl der Betrunkenen noch überschaubar war, konnte man sich unter den Planen noch in angenehmer Lautstärke unterhalten. Dragomir nutzte das aus, um nun bei Štepan nachzufragen, wie er die Zeit nach dem Krieg verbracht hatte. Ein paar Stationen gab es, über die er – wenn schon nicht mit Stolz – so doch mit Überzeugung sprechen konnte, ohne dass es peinlich klingen würde. Er erzählte von seinen Anfangsjahren in Deutschland, auf Empfehlung eines Freundes war er nach Stuttgart gezogen, hatte dort in einer Automobilfabrik teure Luxuswagen zusammengeschweißt, nach ein paar Jahren konnte er sich aus dem Werkspark selbst so einen Wagen leisten. »Eh nicht den teuersten, aber doch einen, mit dem man in der alten Heimat einen besonderen Eindruck schinden konnte ...« Er heiratete eine Deutsche, hatte zwei Kinder mit ihr, doch sie konnte sich nicht damit abfinden, dass er zu jeder freien Zeit nach Ex-Jugoslawien fuhr um dort nach seinen Eltern zu sehen. »Dir kann ich es ja jetzt sagen: ich hab dort nicht nur meine Eltern besucht, auch Danica wartete auf mich, genauer gesagt, Danica und Joško, unser Sohn – aber davon wusste meine Frau natürlich nichts.« Und so kam es wie es kommen musste, Štepan ließ sich scheiden, das Unternehmen schaltete wieder einmal auf Sparflamme und Štepan wurde entlassen. Nichts hielt ihn mehr in Stuttgart, berichtete er, so zog er nach Wien, wo es auch eine ansehnliche Community von ehemaligen Kriegsflüchtlingen aus dem Balkan gab. »Tja, und dort hab ich dann den einen und den anderen Job gehabt, nichts Besonderes, aber ich habe immer so gut verdient, dass ich mir ein ordentliches Leben leisten konnte.« Was er nicht erzählte, war, dass ihn Mirko und Dušan in den Kreis einer Einbrecherbande einschleusten, die regelmäßig fette Beute machte und er daraus sein

131

eigentliches Einkommen generierte.«So, jetzt habe ich genug erzählt, wir sollten wieder nach draußen gehen, da gibt's sicher noch genug zu unternehmen.« Sie brachten die Gläser zur Theke zurück, schließlich zahlte man pro Glas zwei Euro Einsatz. Der Lärmpegel draußen vor dem Zelt war um einiges höher. Nach ein paar Schritten waren sie mitten im Vergnügungsviertel angekommen: von der Autodrombahn war lautes Gehupe und Gekreische zu hören, vor allem junge Burschen machten sich einen Spaß daraus, mit ihren elektrischen Blechfahrzeugen, die von breiten Gummiwülsten geschützt waren, auf die Autos attraktiver Mädchen zuzurasen und mit diesen zu kollidieren. Obwohl Štepan und Drago nicht mehr die Jüngsten waren, ließen sie sich dieses Vergnügen ebenfalls nicht entgehen. Auch Mirko und Dušan hatten mitbekommen, dass die beiden das Zelt verlassen hatten und waren ihnen vorsichtig gefolgt. Sie ahnten weiterhin nicht, dass sie nicht nur die Verfolger, sondern auch Verfolgte waren: Steinkellner und sein Team waren ihnen unablässig auf den Fersen. Der Kriminalinspektor hatte einen Entschluss gefasst und gab diesen seinen Kollegen weiter. Er hielt seinen Arm am Mund und sprach in das Mikrofon: »Zugriff erst, wenn alle drei beisammen sind. Verstanden?!« Aus dem Ohrhörer kam jeweils Zustimmung der anderen Beamten. Mirko und Dušan begannen ungeduldig zu werden. »Endlich sind die beiden auseinander«, sagte Mirko, »aber eine Verfolgungsjagd mit diesen Spielzeugautos, das bringt wohl eher nichts. Wir müssen uns Štepan schnappen, wenn es wirklich eine gute Gelegenheit gibt. Vielleicht hinter einer Hütte, oder im Pissoir, da wird er seinen Kumpel ja wohl nicht mitnehmen.«

Die Schmidgasse hatten Bülent und Edith nach wenigen Minuten erreicht. Zwischen den Häusern herrschte Ruhe, wenn auch nicht Stille, wer immer die Möglichkeit hatte, war am Markt. Aus einiger Entfernung konnte man das Geräusch des Wiesenmarktes wahrnehmen, eine Mischung aus tausenden Stimmen und dem Bass dutzender Musikkanäle. Die ersten drei Häuser standen eng aneinander, doch das dritte, dort wo die Festplatte laut GPS verborgen war, konnte von vorne und von der Seite eingesehen werden. Sie taten so, als würden sie spazieren gehen, blickten dabei aber angespannt durch die Fenster des Hauses. Drinnen rührte sich nichts. »Alles ruhig«, sagte Bülent zu Edith, die davon nicht überzeugt war. »Doch das heißt noch lange nicht, dass niemand anwesend ist.« »Wir sind jetzt so nah«, drängte Bülent und hielt ihr Daumen und Zeigefinger mit einem Abstand von zwei Zentimetern vor ihren Augen. »So nah!« »Und was heißt das jetzt?«, erwiderte Edith und schüttelte den Kopf. »Ich gehe rein, ganz einfach. *Unless you try you lose*, altes englisches Sprichwort.« Bülent fand ein Loch in der Hecke, zwängte sich durch und war schon am Grundstück. Er blickte nach vorne, rechts am Gebäude führte eine Stiege in den Kellerraum. Er ging nach unten und hatte Glück – am Land wird oft die Haustür unversperrt gelassen und das galt umso mehr für die Kellertüre. Bülents Augen mussten sich erst an die neuen Lichtverhältnisse gewöhnen, es war dunkel, doch nicht finster. Ein erster Blick machte ihm deutlich, dass hier vorwiegend Geräte für den Garten aufgehoben werden. Er öffnete die Türe zum nächsten Raum, hier stand ein großes Regal, vollgefüllt mit vollen Flaschen und unterschiedlichsten Marmeladegläsern. Am Ende des Raumes führte eine Treppe nach oben. Bülent schaute hinauf, oben war wieder eine Türe, durch einen Spalt drang etwas Licht herein. Er nahm, ganz vorsichtig, eine Stufe nach der anderen, jedes Mal, wenn er das Gefühl hatte, es würde zu knarren beginnen, schob er seinen Schuh etwas zur Seite und verlagerte wieder sein Gewicht darauf. So machte er es Schritt für Schritt. Oben angekommen, legte er erst sein Ohr an den Türspalt und horchte. Kein Geräusch. Er öffnete die Türe, Zentimeter für Zentimeter, bis er genug Platz hatte, durchzugehen. Er stand im Vorraum. Was für ein verrücktes Unterfangen, dachte Bülent. Ich habe keine Ahnung, wo diese Scheiß-Festplatte sein kann, bin in einem fremden Haus und benehme mich wie ein Einbrecher. Was heißt ich benehme mich wie, ich BIN ein Einbrecher. Ich weiß nicht einmal, ist das das Haus des Mannes, der die Festplatte hierhergebracht hat, ist er nur ein Gast – ich weiß gar nichts. Bülent war knapp daran, wieder umzukehren. Doch dafür war es jetzt zu spät. Er musste das durchziehen. Nichts deutete darauf hin, dass jemand im Haus ist, also gab er sich das Kommando, weiterzumachen. Die nächste Stiege, die in den ersten Stock führte, war mit einem Teppich belegt. Im Nu war er oben, dort sah er drei Türen, die wohl in Schlaf- und Badezimmer führten. Er griff vorsichtig nach der Türschnalle des Raumes, der am nächsten war, drückte sie nach unten und blickte durch den Türspalt. Er zuckte zusammen: drinnen saß in einem mit dicken Vorhängen verdunkelten Zimmer, mit dem Rücken zu ihm, ein Bursche, es musste wohl Herbert sein, Kopfhörer um die Ohren, voll auf den übergroßen Bildschirm konzentriert, auf dem ein Eisbär zu erkennen war, der hinter einem Mann, der eine Waffe in der Hand hielt, herlief. Herbert hatte in den Händen jeweils einen Game-Kontroller. Rasch und doch behutsam schloss Bülent die Tür und atmete erst einmal tief durch. »Gerade noch gut gegangen«, sagte er zu sich selbst und bemerkte wie seine Knie schlotterten. »Und was, wenn im nächsten Raum Vater und Mutter gerade einen Liebesakt vollziehen?«, dachte er und musste gleichzeitig über diesen Gedanken schmunzeln. Kein Ton war zu hören, das sprach eindeutig gegen diese These. Er näherte sich der nächsten Türe und – nun schon etwas forscher – öffnete auch diese einen Spalt breit. Es war, wie vermutet, ein Schlafzimmer, nur eine Matratze des Doppelbettes war offensichtlich benützt worden. Er ging hinein, schloss die Türe hinter sich und blickte sich um: ein Kasten, ein kleiner Tisch vor dem Fenster, ein Sessel, alles war aufgeräumt und sah nicht danach aus, als würde hier ein Ehepaar übernachten. Nun ging alles ganz rasch. Bülent öffnete den Kleiderschrank, dort hingen nur drei oder vier Anzüge, dann zog er eine Lade nach der anderen heraus, griff hinein, bewegte seine Hand nach links und rechts, nach oben und unten, doch ohne Ergebnis.

Das nächste klassische Versteck war das unter dem Kopfpolster: auch darunter fand er nichts. Schließlich hob er am Kopfende die Matratze nach oben und nahm ein Geräusch wahr. So als wäre etwas Metallisches aus geringer Höhe auf den Boden gefallen. Bülent kniete sich nieder, blickte unter das Bett, sah etwas, das einem Kabel ähnelte, zog daran und – tatsächlich, an dessen Ende kam eine Festplatte zum Vorschein. Jetzt hieß es schnell handeln. Auf den Zehenspitzen tänzelte Bülent nach draußen, nahm diesmal zwei Stufen auf einmal und überlegte kurz, als er im Vorraum ankam, ob er nicht gleich die Haustüre nehmen oder wieder durch den Keller entschwinden sollte. Er entschied sich für den Keller. Als er auf der untersten Stufe angekommen war, vibrierte sein Handy. Er nahm es aus der Hosentasche – es war Edith: »Schnell, da kommen zwei Personen zur Haustüre!« »Ich bin schon im Keller«, flüsterte Bülent in den Apparat, »bin gleich draußen.« So schnell er konnte verließ er den Raum, hastete die Stufen nach oben, rannte über die Wiese zur Hecke, zwängte sich durch die schmale Öffnung und stand auf der Straße. Edith war bereits am Weg zurück und tat so, als müsste sie zur Orientierung am Handy nachsehen. Sie blickte auf, hörte Bülent auf sie zukommen und war sichtlich erleichtert. »Ich hab' sie, ich hab' sie«, rief Bülent erfreut, zog das Kabel aus seiner Jackentasche und zeigte es ihr. »Da hängt aber hoffentlich etwas dran«, bemerkte Edith, als sie den schwarzen USB-Stecker in seiner Hand sah und sich die Festplatte nur vorstellen konnte. Bülent beruhigte sie: »Gehen wir schnell zu Eli ins Haus, dann können wir gleich einen ersten Blick auf den Inhalt werfen.«

Die Presse, 6. November 2023
Das Ausmaß der Signa-Misere

Der Gründer des Tiroler Immobilien-Konzerns, René Benko, muss alle seine Vollmachten abgeben. Doch die Investoren sind sich noch uneinig, wie und ob sie Signa retten sollen.

WIEN. Die Signa galt bisher als einer der relevantesten Immobilienkonzerne Europas. Nun bangt dieser um seine

Rettung. Dafür forderten die Miteigentümer in der vergangenen Woche den Rückzug von Signa-Gründer René Benko.

Mirko und Dušan waren ein wenig verärgert, dass sie den Vergnügungspark nicht so genießen konnten wie Štepan, der nach und nach mit seinem Kollegen einmal die Hochschaubahn ausprobierte, dann mit der Geisterbahn fuhr (»So etwas Kindisches«, raunte Dušan Mirko zu), sogar die Kabine mit den Zerrspiegeln waren den beiden nicht zu albern. Jede Ablenkung dauerte mehrere Minuten, am längsten warteten sie, bis die Kabine des Riesenrades wieder ihre Türen öffnete und Štepan festen Boden unter den Füßen hatte. Nun aber geschah etwas Unerwartetes: die beiden trennten sich, Drago ging zu einer Würstelbude, während Štepan sich umsah und nach etwas suchte. Auch Steinkellner war aufmerksam geworden. »Achtung, jetzt könnte etwas passieren ...« Er sprach wieder in seinen Sakkoärmel, um seine Mitarbeiter zu alarmieren. Dann marschierte Štepan zwischen zwei Großzelten hindurch, sah das Zeichen für „Toilette", das auf einer Holzstange hing und folgte dem Wegweiser. Am hinteren Ende des Platzes waren eine lange Reihe von roten Häuschen aufgestellt, jedes einzelne ein Klo, einmal für Damen, dann wieder eines für Herren, dann für Damen und so weiter. Fast alle waren schon besetzt, bis er beinahe am Ende endlich eine freie Toilette fand. Er öffnete die Türe und trat ein. Marko und Dušan hatten sich ganz nahe herangeschlichen und weil sie nirgendwo ein passendes Versteck fanden, beschlossen sie, einfach vor der Türe zu warten. Kriminalinspektor Steinkellner sah dem Schauspiel aus einiger Entfernung zu. »Sobald alle drei zusammen sind, zugreifen!«, informierte er seine Kollegen. Kurz danach war Štepan herausgetreten, Mirko und Dušan nahmen ihn in die Mitte und Mirko raunte ihm zu: »Die Festplatte – gib uns sofort die Festplatte!« Štepan erschrak. »Was für eine Festplatte, die habt ihr doch gehabt!«, stieß er zwischen den Zähnen hervor, »Lasst mich in Ruhe!« Doch davon war nun keine Rede mehr. In diesem Moment stießen aus dem Nirgendwo die vier Beamten auf sie zu, riefen »Hände hoch, Polizei«. Mirko, der nicht das erste Mal eine Konfrontation mit der Polizei hatte, griff nach seiner Pistole im Hosenbund und wollte auf Štepan zielen. Doch so weit kam er nicht: einer der Beamten war schon bei ihm angelangt, griff ihn am Arm – in dem Moment löste sich ein Schuss. Mirko hatte den Zeigefinger schon um den Auslöser gelegt, wie ein Schraubstock war sein Unterarm eingeklemmt, als Reaktion drückte er ab. Die Kugel bohrte sich erst durch Štepans Schuh, dann in seinen Fuß und blieb in der Sohle stecken. Štepan schrie auf, Mirko ließ die Pistole fallen und die Beamten hatte wieder die Kontrolle übernommen. Mirko und Dušan wurden Handschellen angelegt und über einen großen Umweg, außer Sichtweite der meisten Besucher, über die schlammige Wiese zu den Einsatzfahrzeugen geführt. Zwei Beamte warteten, nachdem sie den Notarzt angerufen hatten, beim Verletzten. Mirko und Dušan wurden in zwei getrennte Polizeiwagen gesetzt, damit sie sich nicht miteinander absprechen konnten, die Beamten nahmen ihre Personalien auf und die Handys ab und kündigten an, sie nun ins Hauptquartier nach Klagenfurt zu bringen. »Und was Ihre Fahrzeuge betrifft, machen Sie sich keine

Sorgen, wenn Sie uns den Schlüssel geben und sagen wo sie stehen, bringen wir sie nach Klagenfurt. Ob Sie die in nächster Zeit wieder in Gebrauch nehmen werden, das lassen wir jetzt offen.«

Dragomir hatte längst seine Käsekrainer verschlungen und wartete in ein paar Meter Abstand vom Würstelstand auf seinen Freund. Er blickte sich nach allen Seiten um, doch je länger er dastand, desto misstrauischer wurde er. »Ist Štefan vielleicht gar nicht auf die Toilette gegangen«, dachte er und stellte sich alle möglichen Szenarien vor. Was, wenn er einfach abtauchen wollte, doch was für einen Grund hätte er dafür haben sollen? Oder fand er vielleicht eine Dame, die ihn jetzt zu sich nach Hause verschleppt hat – irgendwie machte er ohnehin den Eindruck, als wäre er auf ein sexuelles Abenteuer aus? Doch hätte er mich dann nicht angerufen? Wir haben doch unsere Handynummern ausgetauscht, oder? Er nahm sein Handy aus der Tasche, tippte Š-T-E-P-A-N in die Tastatur, fand unter diesem Namen nur einen Visotschnig, der freilich ein Arbeitskollege von ihm war. OK, keine Nummer, kein Kontakt. Dragomir entschloss sich, einfach kreuz und quer über den Markt zu gehen und zu hoffen, dass ihm Štepan über den Weg laufen würde. Und wenn nicht, irgendwann wird er wohl wieder auftauchen.

Einer der beiden Laptops war aufgeklappt, Bülent hatte die Festplatte in seiner Hand, mit der anderen führte er den USB-Stecker in die passende Öffnung. Es surrte ein wenig, dann tauchte das passende Icon am Bildschirm auf. Ein wenig verwundert nahm er – und auch Edith

– die Bezeichnung zur Kenntnis, die darunter zu lesen war: „Herbert7". »Das ist aber ein interessantes Täuschungsmanöver, das sich Erich da ausgedacht hat«, sagte Bülent, Edith reagierte, in dem sie mit ihren Schultern zuckte. Nun saßen beide am Schreibtisch, Bülent doppelklickte das Symbol mit dem seltsamen Namen und sie starrten gebannt auf den Bildschirm. Eine Sekunde später trat das ein, was zumindest Edith im Geheimen erwartet hatte: der Computer verlangte ein Passwort. Bülent drehte sich zu Edith und blickte sie erwartungsvoll an. »Wir haben da eine Methode, wie man Programme öffnet, ohne das Passwort eingeben zu müssen«, reagierte sie, die nicht gestellte Frage beantwortend. Doch dafür brauche sie Zeit, außerdem müsse man die Festplatte an ihr Spezialgerät aus London anschließen, nur dort funktioniere das. Bülent verließ den Raum, er wusste, oder besser: er war sich sicher, dass Edith diese Aktion nicht durchführen wollen würde, wenn er gleichzeitig ihre Schritte mitverfolgte. Gerade als er den Raum verließ, kamen Martina und Elisabeth zuhause an. Sie waren, so erzählte Martina, nur zum Rande des Wiesenmarktes gegangen, waren von den Menschenmassen aber so überwältigt, dass sie sich entschlossen, lieber im Ort die Sehenswürdigkeiten zu besuchen: den Springbrunnen, den die amerikanisch/österreichische Künstlerin Kiki Kogelnik entworfen hatte, und das Werner-Berg-Museum, das Bleiburg einen besonderen Platz in der Kunstwelt eingebracht hatte. »Und, wart ihr erfolgreich?«, fragte sie ihren Mann, der aber sofort zu verstehen gab, dass er darauf keine Antwort geben wollte. Elisabeth war diplomatisch genug, um nicht nachzuhaken. Weil sie ahnte, oder es Bülent ansah, dass er seit seiner Ankunft in ihrem Haus außer ein Stück Kuchen noch nichts gegessen hatte, bot sie ihm eine kleine Jause an und fragte dann nach Edith, die sie in der Runde vermisste. Bülent glaubte, ein wenig Sarkasmus in der Frage gehört zu haben, ging aber nicht darauf ein. »Die ist oben am Computer, aber wenn Du genug hast, bringe ich ihr gerne auch etwas hinauf.«

„Büüülent", schallte es plötzlich von oben, über die Treppe und den Gang in die Küche. »Ich komme schon«, rief dieser zurück und, ohne abzuwarten, bis Eli die Teller mit Käse und Wurst fertig zubereitet hatte, lief er aus der Küche. Edith blickte ihn entgeistert an. »Just unbelievable, Du wirst es nicht glauben – sieh Dir das an.« Sie zeigte mit dem Finger auf den Bildschirm, alles was Bülent sah, war eine Liste von englischen Ausdrücken, mit denen er nichts anfangen konnte. Er las laut vor: »*Stray, Snap, Splatoon3, IMMORTALITY* ... und so weiter. Was ist das, sind das die Kennworte von den Aufzeichnungen aus dem Bundeskanzleramt?« »Haha«, erwiderte Edith mit einem gezwungenen Lächeln«, schön wär's. Nein, ich habe schon das eine oder andere geöffnet – das sind alles Videospiele. »Video-Was?« Bülent konnte nicht glauben, was er eben gehört hatte. »Video-Spiele, womit sich so junge Leute stundenlang in ihrer Freizeit unterhalten.« Bülent kam ein Verdacht. Hatte er nicht in einem der Zimmer in dem Haus, in das er unerlaubt eingestiegen war, einen Burschen gesehen, der in seinem Zimmer am Computer so etwas gespielt hatte? »Edith, im Haus war ein junger Mann, der hatte genau so ein Spiel bei sich am Computer. Aber wieso haben wir jetzt seine Festplatte. Die habe ich doch aus einem anderen Raum mitgenommen, die unter der Matratze versteckt war.« Sie sahen sich fragend an. Niemand wusste spontan eine Erklärung dafür. Ediths Gehirn verarbeitete, was sie erlebt und eben gehört hatte. »Es kann wohl nicht anders sein, als dass der junge Mann im Haus die Festplatte ausgetauscht hat. Wie auch immer er darauf gekommen ist, dass auf der, die wir suchen, etwas Kostbares drauf gespeichert ist – oder er weiß gar nicht, was für einen Schatz er da an sich genommen hat.« »Scheiße, Scheiße, Scheiße«, entkam es Bülent, der seine Wut nicht bändigen konnte. »Jetzt müssen wir wieder von vorne beginnen.«

Mirko und Dušan gaben sich im Polizeiverhör, in dem sie getrennt befragt wurden, als montenegrinische Unternehmer aus, die schon viele Jahre Geschäfte mit ihren Partnern in Wien machten. Als man ihnen vorhielt, ihre DNA-Spuren bei einem Mordanschlag in Trögern gefunden zu haben, gaben sie sich völlig ahnungslos. Beide erklärten, sie hätten nicht nur keine Ahnung, wo dieses Trögern liege, sie seien zu der Zeit auch noch irgendwo auf der Autobahn in Kroatien gewesen. Beweise hätten sie dafür keine, sie würden immer in Podgorica volltanken und dann in einem durch nach Österreich fahren; schließlich seien sie ja zu zweit, da könne man sich als Fahrer immer abwechseln. Steinkellner, der die Befragung durch seine Spezialisten durch ein einseitiges Spiegelglas und einen Lautsprecher mitverfolgte, war sich sicher, dass sie die Unwahrheit sagten, auch wenn sie, unabhängig voneinander, beide das beinahe völlig Gleiche gesagt hatten. Doch gibt es, so fragte er sich selbst, einen besseren Beweis als die DNA-Analyse? Er rief den Staatsanwalt an, besprach sich mit ihm und ließ sie beide, als er innerhalb weniger Minuten das entsprechende Papier auf seinem Fax-Gerät erhielt, in die Untersuchungshaft abführen.

Andreas Steinkellner war ein erfahrener Kriminalist. Er konnte nicht so schnell hinters Licht geführt werden. Noch lange, nachdem die beiden Männer abgeführt wurden, saß er in seinem Büro und studierte alle Unterlagen, die von diesem mysteriösen Fall bisher angefallen waren. Besonders nachdenklich machte ihn, wie es kommen konnte, dass zwei Männer aus Montenegro hier in Kärnten, noch dazu an einem völlig abgelegenen Ort, einen Mitarbeiter des Bundeskanzleramtes umbringen wollten – daran hatte er keinen Zweifel: dieser Erich Grössling sollte getötet werden – und zwar mit Bestimmtheit, sonst hätte es diesen Vorfall im Landesklinikum nicht gegeben. Aus den Videoaufzeichnungen war nicht ersichtlich, ob der Attentäter, dessen Gesicht hinter einem schwarzen Hut mit breiter Krempe verborgen war, einer der beiden Männer war, die nun in Bleiburg festgenommen worden waren. Oder eben der dritte, der nun selbst im Klinikum lag, zwar nur am Fuß verletzt, doch die Schusswunde war so komplex, dass er operiert werden müsse und längere Zeit nicht mehr auftreten können werde. Bisher konnte dieser Mann – wie hieß er noch schnell? – er blätterte in seinen Papieren – doch, ja, Štepan – noch nicht befragt werden. Er muss der Schlüssel zur Lösung des Falles sein, dachte Steinkellner, sich der Ironie nicht bewusst, dass dieser Štepan seit langem ein Experte im Knacken von Schlössern war.

Am nächsten Morgen wurde Štepan einem Verhör unterzogen. Eine Dreier-Delegation des Landeskriminalamtes war ins Klinikum gefahren, trotz seiner Fußverletzung war der Angeklagte vernehmungsfähig.

Steinkellner, der die Befragung wieder seinen Experten überlassen hatte, musste zu seiner Enttäuschung schon bald nach Beginn erkennen, dass Štepan wohl nur eine Randfigur in diesem Verbrechen gewesen sein musste. Von ihm hatte es keine Spuren in Trögern gegeben, und so verwunderte es die Beamten nicht, dass er steif und fest behauptete, mit dem Angriff auf einen Gast in diesem abgelegenen Gästehaus nichts zu tun gehabt zu haben. Aufhorchen ließ er jedoch, als er einen völlig neuen Schauplatz ins Spiel brachte. Er erzählte, dass er gemeinsam mit Mirko und Dušan danach zur Draubrücke in Stein im Jauntal gefahren sei, um dort im Ausflugsschiff „Magdalena" etwas zu verstecken. »Wenn Sie sagen ›etwas‹, dann wissen Sie nicht, was das war?«, fragte einer der Beamten. »Kam dieses ›Etwas‹ aus dem Besitz von Herrn Grössling?«, Štepan gab sich völlig unwissend, wer der Herr Grössling sein sollte. »Ich habe keine Ahnung. Groß kann das Zeug nicht gewesen sein, sie haben ja nichts ins Boot gebracht, das schwer zu schleppen war.« »Und das – was immer das nun genau war – könnte noch immer dort in der ›Magdalena‹ liegen?« »Das weiß ich nicht«, erwiderte Štepan, »ich habe mich dann von den beiden getrennt. Nicht freiwillig, ich habe hinter einem Busch meine Blase entleert und da sind die einfach ohne mich abgerauscht. Ich habe geschrien und bin ihnen hinterher, aber sie sind einfach auf und davongefahren.« Die Schmerzmittel, die Štepan schon sehr früh verabreicht bekommen hatte, verloren ihre Wirkung. »Ich möchte mich jetzt wieder ausruhen, ich habe starke Schmerzen im Fuß.« Dafür hatten die Beamten Verständnis und ließen ihn wieder allein, mit Ausnahme eines Polizisten, der vor der Türe Wache hielt.

Steinkellner verabschiedete sich von seinen Kollegen und ging in das Gebäude, in dem Erich Grössling behandelt wurde. Vielleicht, dachte der Kriminalist, habe sich der Zustand des Mannes schon so verbessert, dass er ihm Auskunft darüber geben könnte, was genau in Trögern vorgefallen war. Das Schwesternzimmer war leer, doch am Gang traf er eine Bedienstete, die gleich wusste, wer Erich Grössling war. »Vor einer halben Stunde habe ich ihm den Tubus entnommen, ich weiß nicht ob er schon sprechen kann, aber Sie können es ja versuchen.« Steinkellner klopfte an der Türe zu Zimmer 206 und horchte. Wenn er einen Laut wahrnahm, dann war der so leise, dass er nicht als „herein" identifiziert werden konnte. Er drückte die Schnalle nach unten und warf durch den Spalt einen Blick ins Zimmer. Herr Grössling lag in seinem Bett, die Augen waren geöffnet. Steinkellner trat ein, stellte sich vor, holte sich einen Sessel ans Bett und setzte sich hin. »Herr Grössling, ich will das nur kurz machen, aber können Sie sich noch an irgendetwas erinnern, dass sich vor drei Tagen in Trögern abgespielt hat?« Grössling deutete mit dem Zeigefinger seiner rechten Hand auf ein Glas Wasser, das am Beistelltisch neben ihm stand. Steinkellner verstand die Geste sogleich und führte ihm das Glas zu den Lippen. Nach zwei, drei Schlucken und nachdem er sich mehrfach geräuspert hatte, brachte er ein paar Worte heraus: »Ich … hörte … ein Gepolter, laute Schreie, plötzlich stürzten … zwei Männer … auf mich … Dann ein Schuss … Das ist … das letzte … an das ich mich erinnern kann.« Die letzten Worte waren kaum mehr zu verstehen. Da wird heute wohl nicht mehr zu erfahren sein, schloss Steinkellner, verabschiedete sich im Bewusstsein, dass ihn Grössling kaum mehr gehört haben dürfte und verließ das Gebäude. Als er beim Portier, der die Schranken bediente, vorbeikam, sah er, wie dieser auf eine Reihe von Monitoren blickte. Der Kriminalbeamte nahm seinen Dienstausweis aus der Jackentasche, hielt ihn vor das Fenster und bat, hereinkommen zu dürfen. Der Portier öffnete die Türe: »Sie haben mich eh schon am Donnerstag befragt – ist Ihnen noch etwas eingefallen?« »Haben Sie Zugriff auf die Videos vom Parkplatz von gestern?« »Klar, hab ich. Das dauert zwar ein bisschen, aber nehmen Sie Platz.« Der Portier zeigte auf den freien Stuhl, Steinkellner setzte sich. Über dessen Schulter schaute er zu, wie der Portier etwas in sein Keyboard tippte und gleichzeitig auf einem Bildschirm in rasender Geschwindigkeit ein Film nach rückwärts spulte. Man konnte mitverfolgen, wie der Tag zur Nacht wurde und dann wieder zum Tag – dann ließ der Portier das Band langsamer laufen, schließlich fragte er: »Welche Uhrzeit wollen Sie denn sehen?« Steinkellner blätterte in seinem kleinen Notizbuch, das er aus der Tasche herausgeholt hatte, und sah nach, welchen Zeitpunkt er für den beinahe tödlichen Angriff auf Grössling im Krankenzimmer notiert hatte: »So circa 13 Uhr.« Der Portier beschleunigte das Band neuerlich, am oberen rechten Rand sprang die Zeit von 09:00:00 rasch auf 11:00:00 und schließlich stoppte er es bei 12:45:20. »Ich fahre jetzt auf 13 Uhr zu«, erklärte er dem Beamten, der mittlerweile wieder aufgestanden war und seinen Blick voll auf den Monitor gerichtet hatte. »Ja, einfach langsam, bitte.« Immer wieder sah man Autos ankommen und abfahren, Menschen, die ein- und wieder ausstiegen, doch keine Person ähnelte dem Mann, der auch vom Video am Gang im Krankenhaus erfasst worden war. »Halt, Stopp«, rief Steinkellner, als er plötzlich einen Mann mit einem breit-krempigen Hut erblickte, der stehen blieb, sich umsah und dann raschen Schrittes auf einen Wagen zuging, in dem durch die Windschutzscheibe zu erkennen war, dass ein Fahrer am Steuer saß. Er stieg ein, tauschte ein paar Sätze mit seinem Nachbarn, der Wagen parkte aus und fuhr aus dem Bildausschnitt der Kamera. »Können Sie auch zoomen?«, fragte Steinkellner. »Nein, das kann ich nicht. Aber ich kann Ihnen ein paar Minuten daraus kopieren und gebe Ihnen den Stick dann mit – vielleicht können Ihre Experten im Amt dann den Ausschnitt vergrößern.« Wenige Minuten später hielt Steinkellner den kleinen Stick in der Hand, bedankte sich beim Portier und fuhr zurück ins Büro.

Für die Computer-Experten im Landeskriminalamt war es ein Leichtes, das Video hochzuladen und den gewünschten Ausschnitt zu vergrößern. Meist sah Steinkellner die Person, auf die er sich konzentrierte, nur von hinten, als sie jedoch dann im Auto saß, erkannte er sie – und auch den Fahrer – sofort: es waren Mirko und Dušan. Unerklärlich war dem Spitzen-Kriminalisten nur, warum er und seine Beamten nicht gleich darauf gekommen waren, auch die Überwachungskamera des Parkplatzes zu überprüfen. Es war doch naheliegend, dass der oder die Täter mit einem Fahrzeug ins Klinikum gekommen waren, schon allein, um sich bei der Flucht wieder rasch entfernen zu können. Steinkellner machte sich eine geistige Notiz, seine Kollegen zu fragen, was da schiefgelaufen war.

Bülent und Edith hatten bei Elisabeth und Martina Platz genommen. Schon oben im „Computerzimmer" hatten sich die beiden entschlossen, reinen Tisch zu machen: Martina wusste im Wesentlichen Bescheid, doch Eli war nicht eingeweiht – es gab keinen Grund, vor ihr zu verschweigen, was sie nach Bleiburg geführt hatte und dass sie nun in einer Sackgasse steckten. Genau das fand bei der Besprechung im Wohnzimmer statt: Bülent schilderte seinen „Einbruch" (»Ich bin ja nicht eingebrochen, die Kellertüre war ja offen ...«), die Suche nach der Festplatte (»Es ist jetzt irrelevant, was genau auf der Festplatte drauf ist, abgesehen davon, dass ich es ohnehin nicht weiß ...«) und das peinliche Ergebnis: man hatte zwar die Festplatte, aber es war ganz offensichtlich die falsche, nämlich die von Herbert, dem Sohn des Hauses. Die vier diskutierten nun, wie sie an das richtige Speichermedium herankommen könnten. Jeder bzw. jede hatte unterschiedliche Vorschläge, von ganz praktischen (Edith: »Den gleichen Weg nochmals nehmen, allerdings erst, wenn Herbert nicht mehr in seinem Zimmer ist, also wohl erst am nächsten Schultag.«) über völlig absurde (Elisabeth: »Ein Feuer legen, bis alle aus dem Haus sind, dann schnell hinein ...«) bis zu einem logisch klingenden (Martina: »Wir rufen Herbert an und bieten ihm einen bestimmten Betrag für die Herausgabe der Festplatte an ...«) »Und über die Eltern – kennst Du die«, fragte Bülent und warf einen Blick zu Elisabeth. Nach einer kurzen Pause, während der sie zu Boden blickte, sagte sie: »Ich kenne den Dragomir, den Vater vom Herbert, ganz gut. Äh ... wir waren einmal zusammen, nur kurz, bevor ich meinen jetzigen Mann kennen gelernt hatte. Aber ich weiß nicht, ob Dir das hilft.« Bülent überlegte: ein Ex, das ist immerhin besser, als würde sie ihn gar nicht kennen. Doch wie sollte sie diesem Dragomir klar machen, dass ein Bekannter von ihr in sein Haus eingebrochen, nein, eingestiegen war, um dort nach einer Festplatte zu suchen, diese dann im Zimmer seines Bekannten gefunden hat, um dann draufzukommen, dass sie in Wirklichkeit von Herbert ausgetauscht worden war. Aller Wahrscheinlichkeit nach hat ihm der dritte Mann gar nichts davon erzählt – und wo war der nun? Je länger sich Bülent in die Sache vertiefte, desto unlösbarer wurde die Angelegenheit. »Ich glaube, ich gebe es auf. Schade, es wäre sicher eine tolle Story geworden, aber was nicht geht, geht einfach nicht.« Fast fielen ihm die beiden Frauen gleichzeitig ins Wort: »Heh, Du kannst ja jetzt nicht aufgeben!« »Du bist doch keiner, der aufgibt!« So schallte es in seine beiden Ohren, von links und von rechts. Bülent freute sich über diesen Zuspruch. Nur – was half es? Er musste selbst eine Lösung finden. Doch dazu musste er in Bleiburg bleiben. »Eli, glaubst Du, ich könnte bei Dir übernachten? Ich würde morgen sehr früh in die Nähe von Dragomir gehen und einmal schauen, wer wann das Haus verlässt. Vielleicht habe ich Glück ...« »Edith und ich fahren jetzt zurück zum Klopeiner See, wir haben ohnehin nichts zum Übernachten mitgebracht – Männer sind da unkomplizierter«, warf Martina ein. Eli protestierte kurz, sie habe ja genug Platz, wo sie schlafen könnten, doch die beiden Frauen, vor allem aber Martina, waren entschlossen, die Zelte hier abzubrechen und sich auf den Weg zu machen.

Beim ersten Tageslicht stand Bülent auf. Ohne zu frühstücken (Elisabeth hatte ihm angeboten, die Kaffeemaschine so herzurichten, dass er nur auf den Knopf drücken musste, doch er hatte dankend abgelehnt), ging er aus dem Haus und hatte schon in wenigen Minuten die Paulitschgasse erreicht. Es war ein lauer Septembermorgen, als er in Sichtweise des Hauses einen Platz suchte, um dort einigermaßen unauffällig warten zu können. Vielleicht sollte ich einen Betrunkenen spielen, der am Heimweg vom Wiesenmarkt bei einem Busch Rast genommen hat und eingeschlafen ist. Er blickte sich um: gleich ein paar Meter entfernt stand dort eine dichte Staude. Neben die legte er sich hin, formte seine Arme zu einer Art Unterlage und versicherte sich, dass er aus dieser Position das Haus gut im Blick hatte. So lag er etwa eine halbe Stunde, bis er sah, dass ein Mann das Gebäude verließ. Als er näherkam, schloss Bülent die Augen und mimte ein Schnarchen. Am Geräusch der Schuhe merkte er, dass der Mann vor ihm kurz stehen geblieben war, sich aber gleich wieder entfernte. Danach war wieder Stille. Als nächstes fuhr ein Auto vorbei, dessen Fahrer von ihm offenbar keine Notiz nahm. Am weißen Rauch, der aus dem Auspuff strömte, schloss Bülent, dass der Wagen erst frisch gestartet war und wohl von einem Nachbarhaus kam. Wieder verging einige Zeit, bis sich die Türe im Haus, das er beobachtete, öffnete und gleich zwei Personen heraustraten: eine Frau und ein junger Mann. Auch wenn er Herbert bei seinem kurzen Blick in dessen Zimmer nur von hinten und mit großen Kopfhörern gesehen hatte, war er sich sicher, dass das der Sohn war und seine Mutter. Bülent hatte zwar keine Ahnung, ob das Haus nun leer sein würde, doch er war fest entschlossen, sein Glück zu versuchen. Er wartete in der gleichen Stellung wie zuvor, als der Vater an ihm vorbei gegangen war, bis auch die Schritte dieser beiden nicht mehr zu hören waren (sie hatten ihn offensichtlich nicht einmal zur Kenntnis genommen, als sie an ihm vorbeigingen). Bülent erhob sich, steuerte den lebenden Zaun an, den er am Vortag zur Seite geschoben hatte, um auf das Grundstück zu gelangen und tat das gleiche wieder. Runter die äußere Kellerstiege, zu seiner Erleichterung war auch diesmal die Türe nicht abgeschlossen und als er ins Haus eintrat, zog er sich vorsichtshalber die Schuhe aus, um noch weniger Lärm zu machen. Auf Zehenspitzen ging er durch das Erdgeschoss und gleich danach in den oberen Stock. Als erstes musste er die Festplatte loswerden, die er am Vortag unter der Matratze gefunden hatte. Das Zimmer war leer, der Mann hatte sich offenbar schon aus dem Staub gemacht. Bülent hob die Matratze hoch und verstaute die Hard Disk.

Danach ging er zum Zimmer, in dem er Herbert entdeckt hatte, öffnete die Türe und trat hinein. Das Zimmer glich mehr einer Rumpelkammer als dem Aufenthalts- und Schlafraum eines jungen Burschen. Doch Bülent korrigierte sich selbst: er hatte verdrängt, wie auch sein Sohn in diesem Alter alles am Boden verstreut hatte, keine noch so strenge Verwarnung hatte daran etwas Grundsätzliches ändern können: Unterhosen, Socken, Leibchen, Schulhefte, Bleistifte, ein Pyjama, alles lag hier am Boden. Martina hatte jeden Tag alle Hände voll zu tun, alles einigermaßen in Ordnung zu bringen, bis am nächsten Tag ... Er richtete seinen Blick auf den Schreibtisch: dort stand – wie auch schon gestern – ein großer Monitor, ein Keyboard, zwei Controller, und ein Stapel Schulbücher. Unter dem Tisch erkannte er einen Computer und eine Spielekonsole, er hatte keine Zeit – und kein Interesse – herauszufinden, um welche Marke es sich handelte. Von einer Festplatte, so wie die, die er gestern aus dem anderen Schlafzimmer mitgenommen hatte, war vorderhand nichts zu sehen. Der Schreibtisch stand auf vier nackten Füßen, keine Lade, die man durchsuchen könnte. Bülent drehte sich um und ging auf den Kasten zu, der neben dem Fenster stand. Eine Türe war geöffnet, die andere halb angelehnt. Ein erster Blick gab nichts preis, was ihm auffallen würde. Hinter der halb geschlossenen Türe, die er nun zur Seite schob, waren offene Laden, alle mit den unterschiedlichsten Kleidungsstücken belegt. Von oben nach unten tastete Bülent alles ab. Erst als er im letzten Fach angekommen war, verspürte er zwischen dicken Winterpullovern einen harten Gegenstand. Er griff danach: es war die Festplatte – oder, schließlich war er schon einmal düpiert worden – *eine* Festplatte, jedenfalls sah sie genau so aus, wie die, die er gestern mitgenommen hatte. Weil er auf diese selbstgestellte Frage ohnehin keine Antwort bekommen würde, und da dies hier weder Ort noch Zeit zum Grübeln war, verließ er das Zimmer und – nachdem er sich die Schuhe wieder angezogen hatte – das Haus. Draußen auf der Straße blickte er zuerst auf die Uhr: es war 7 Uhr am Morgen, vielleicht noch zu früh, um Edith die erfreuliche Nachricht zu übermitteln. Im Moment hatte er ohnehin ein anderes Bedürfnis: er verspürte großen Hunger, und so ging er mit schnellen Schritten zurück in das luxuriöse Haus von Elisabeth.

Andreas Steinkellner war ziemlich wütend. Er hatte seine Mitarbeiter zu sich gerufen und wollte von jedem einzelnen wissen, warum das Video des Parkplatzes nicht untersucht wurde. Eine schlüssige Erklärung bekam er nicht. Irgendetwas von „Zeitdruck" erwähnten alle drei, doch den gab es ohnehin fast immer bei ähnlichen Fällen. Steinkellner wollte das Thema nicht weiter verfolgen, schließlich hatte er das Band gesehen, wenn auch mit Verspätung. »Wir brauchen ein Geständnis, das ist jetzt das Wichtigste!« Die drei Kollegen nickten zustimmend. »Aber noch etwas: wir brauchen auch die Hintermänner, oder jedenfalls den Auftraggeber für das Verbrechen.« Der oberste Kriminalbeamte war sich schon von Beginn der Untersuchung im Klaren, dass die beiden – oder die drei – Männer aus dem Balkan den Anschlag auf einen Mitarbeiter des Bundeskanzleramtes nicht aus freien Stücken begangen hatten. Irgendjemand muss sie angeheuert haben, irgendjemand muss auch ein Interesse daran gehabt haben, dem Opfer etwas zu rauben, das für diesen Unbekannten besonders wertvoll sein musste. »Und: wir müssen herausfinden, was da in der ›Magdalena‹ an der Drau versteckt worden ist – wenn es stimmt, was uns dieser Štepan erzählt hat …«

Eine Stunde später saßen Mirko und Dušan wieder beim Verhör. Steinkellner hatte seinen Beamten den Auftrag gegeben, mit „Zuckerbrot und Peitsche" vorzugehen. »Also, ihr müsst ihnen klarmachen, was es für sie bedeutet, wenn sie nicht die Wahrheit sagen, aber gleichzeitig auch, dass jede Mitarbeit mit den Behörden dazu führen kann, dass ihr Strafausmaß geringer ausfallen kann.« Eine Nacht im Gefängnis hatte ihre Stimmung einigermaßen gedrückt. Ihr relatives Luxusleben – nicht zuletzt durch das versprochene Geld, das sie für ihre Tat bekommen würden – war jetzt in weite Ferne gerückt. Das Appartement, das sie gerade an der montenegrinischen Küste bauen ließen, würden sie so bald nicht zu Gesicht bekommen. Ohne sich abzusprechen – sie hatten ja in getrennten Zellen übernachtet – waren sie zu dem Schluss gekommen, es sei besser für sie, auszupacken.

»Alles begann mit einem Anruf aus Wien.« So begann Mirko seine Beichte. Er war sich bewusst, dass er jetzt auch den Hintermann auffliegen lassen müsste. »Ein Bekannter, der sehr viel Geld gemacht hatte, sorgte sich wegen einer Festplatte. Die stammte ursprünglich aus dem Bundeskanzleramt und hatte vor ein paar Jahren für Aufsehen gesorgt, weil sie drei Mal geschreddert wurde.« »Ja, aber wir wissen doch, dass sie damit unlesbar geworden ist, oder?«, warf ein Beamter ein. »Ja, eh, aber der Witz war, dass der Mitarbeiter des Kanzlers doch noch eine Kopie gezogen hatte und die wollte er jetzt einem Journalisten übergeben. Das sollten wir unbedingt verhindern, so lautete unser Auftrag.« Andreas Steinkellner konnte kaum glauben, was er da hörte: es gab also tatsächlich eine Kopie jener Festplatte, über die damals in politischen und Medienkreisen so viel spekuliert worden war. Doch weil davon – und das konnte man sogar auf einem Überwachungsvideo sehen – nichts als winzige Metallteilchen übrig geblieben war, ist die Diskussion darüber relativ rasch verstummt. Weder im parlamentarischen Untersuchungsausschuss noch in den WhatsApp Transkriptionen, die dann aufgetaucht waren, war von dieser Festplatte die Rede. Das kann ja wirklich noch spannend werden, dachte Steinkellner und wandte sein Interesse wieder dem Verhör zu. »Wir wussten nur, dass wir die Festplatte in Trögern finden würden. Als wir dort in das Gästehaus gingen, kam uns ein Mann entgegen, der mit einer Pistole bewaffnet war. Wir befürchteten, dass er auf uns schießen würde, doch ich war dann schneller und traf ihn in den Bauch. Dann suchten wir sein Zimmer durch, fanden die Hard Disk in seinem Koffer und verschwanden wieder so schnell wir konnten.« Steinkellner wunderte sich: am Tatort hatte die Sonderkommission keine zweite Waffe gefunden. Die Aussage, dass die Attentäter sozusagen in Notwehr geschossen hatten, klang einigermaßen unglaubwürdig. Doch das wussten auch die Verhörspezialisten: »Sie sagen, auf Sie wurde gezielt. Wie erklären Sie sich dann, dass der Schwerverletzte keine Pistole in der Hand hielt?« »So wie ich es Ihnen geschildert habe, so hat es sich abgespielt. Was sie gefunden haben und was nicht, das kann ich nicht beeinflussen.« Steinkellner, der das Verhör mitverfolgt hatte, begab sich in den Raum, wo Dušan in die Mangel genommen wurde und fragte seine Kollegen, wie er sich gerechtfertigt hatte. Auch Dušan habe von einer Waffe gesprochen, mit der sie von ihrem Gegenüber bedroht worden waren. Steinkellner überlegte, ob in diesen Aussagen ein Fünkchen Wahrheit liegen könnte. Nur, so schloss er, wenn unser einziger Zeuge – der freilich erst nach der Tat im Gästehaus angekommen war – wenn dieser Zeuge nicht alles, was sich dort ereignet hatte, korrekt wiedergegeben hatte. Sollte Bülent Erdovan, so hieß der Zeuge, dem Schwerverletzten die Waffe abgenommen haben, um den Anschlag in einem anderen Licht erscheinen zu lassen? Steinkellner wusste nun, dass er Herrn Erdovan noch einmal befragen musste. Für die weitere richterliche Verhandlung machte es schließlich einen großen Unterschied, ob die zwei Männer in Notwehr gehandelt oder das mit der Waffe nur erfunden hatten. Steinkellner suchte auf seinem Schreibtisch nach dem Verhörprotokoll Erdovans, fand aber keinen Hinweis auf eine Pistole. Schließlich ließ er seine

Beamten die Befragung fortsetzen. »Von wem haben Sie denn den Auftrag bekommen, sich die Festplatte anzueignen?« Mirko zögerte. Sollte er jetzt tatsächlich den Namen des Mannes nennen, der ihm auch schon bisher die Aufträge immer nur entweder über das Telefon oder durch unterschiedliche Mittelsmänner übertragen hatte. Von Angesicht zu Angesicht hatten sie ihn tatsächlich nie getroffen. Und WUSSTE er wirklich, wie der geheimnisvolle Unbekannte hieß? Bei seinem letzten Aufenthalt in Wien war er mit einer kleinen Runde Gleichgesinnter zusammengesessen und da fiel zum ersten Mal der Name Wirsalek – der soll mit seinem Partner und dessen Finanzunternehmen Millionen, wenn nicht Milliarden, zur Seite geschafft haben. Dieser Wirsalek, so erzählte man sich damals, soll exzellente Beziehungen in politische Kreise gehabt haben. Besonders mit Bundeskanzler Wenig soll er öfter gesehen worden sein. »Von einem Wirsalek, irgendeinem Super-Kapitalisten, der hat wohl von uns erfahren und uns für zuverlässig gehalten.« „Zuverlässig" – Steinkellner musste schmunzeln: Leute, die einen Mordauftrag übernehmen und dann den Auftraggeber verraten, als „zuverlässig" zu bezeichnen, das spricht nicht gerade von besonderer Menschenkenntnis. »Und was wurde Ihnen versprochen, wenn Sie den Auftrag ›zuverlässig‹ erfüllen?« »50.000 Euro für jeden von uns.« »Damit wird es wohl nichts werden«, konnte sich der befragende Beamte nicht verkneifen. »Aber, apropos: wo ist eigentlich die Festplatte jetzt?« Und Mirko, ähnlich wie Dušan im Nebenraum, erzählte die abenteuerliche Geschichte von einem Ausflugsschiff auf der Drau, wo die Festplatte erst versteckt wurde, am nächsten Tag aber nicht mehr auffindbar war; von dem Verdacht, dass der dritte Kollege, der jetzt im Krankenhaus lag, das Ding an sich genommen hatte und schließlich von dem Versuch, diesen Štepan am Bleiburger Wiesenmarkt zu stellen. »Aber da haben Sie dann dazwischengefunkt«, schloss Mirko nicht ohne einen Schuss Ironie.

Steinkellner glaubte, vorerst einmal genug gehört und erfahren zu haben. Er ließ die beiden wieder in ihre Zelle bringen und versammelte dann die Beamten um sich: »Das war jetzt nicht ohne«, begann er und gratulierte seinen Kollegen für die ergebnisreichen Verhöre. »Aber jetzt haben wir einiges nachzuholen. Einerseits die Geschichte mit der Pistole, andererseits geht es um die Festplatte – das ist ja eine hochpolitische Angelegenheit. Ich werde jetzt gleich einmal das Innenministerium verständigen, mal sehen, was die dazu sagen. Und wir nehmen uns jetzt noch einmal den Herrn Erdovan vor – der spielt vielleicht eine größere Rolle, als er uns das glauben ließ.« Steinkellner ging zurück in sein Büro und wählte Erdovans Nummer, die er in seinem Handy gespeichert hatte. Es läutete, ein-, dann ein weiteres Mal. »Erdovan, wer spricht?« »Hier ist Kriminaloberinspektor Steinkellner aus Klagenfurt. Herr Erdovan, sind Sie noch in Kärnten?« »Ja, warum?« »Wir müssten sie noch einmal sprechen. Es gibt da noch ein paar Unklarheiten und Sie können uns vielleicht helfen, das eine oder andere aufzuklären.« Bülent hatte zwar vor, noch am selben Tag nach Wien zu fahren, doch auch er war gespannt, was er zur Klärung des Falles beitragen könnte. So machten sie für den Nachmittag einen Termin aus, Bülent sagte zu, in das Landeskriminalamt zu kommen.

Bülent war froh, dass nicht jedes Handygespräch per Videotelefonie übertragen wird, sonst hätte der Kriminalist gesehen, dass er und Edith gerade vor dem Computer saßen, die Festplatte neben ihnen. Auch diese war mit einem Passwort gesperrt, diesmal war das noch viel logischer als bei den gespeicherten Spielen von Herbert. Erich hatte sich sicher eine ausgeklügelte Verschlüsselung ausgedacht, schließlich war er ja ein Experte für Computer-Angelegenheiten. Am einfachsten wäre es natürlich, ihn danach zu fragen, doch Bülent war sich ziemlich sicher, dass sein Gesundheitszustand nicht gut genug war, um darüber Auskunft geben zu können. Doch sollte Edith diesmal nicht erfolgreich sein, dann wäre es einen Versuch wert, bei Erich nachzufragen – noch dazu, wo Bülent ohnehin nach Klagenfurt fahren würde.

Edith bat Bülent, den Raum zu verlassen. Sie müsse sich konzentrieren, sagte sie, um das Passwort zu entschlüsseln. Tatsächlich wollte sie niemanden neben sich haben, wenn sie ihren Büro-Laptop benützte, auf dem die ausgefeiltesten Programme gespeichert waren, die derzeit auf dem Anti-Spionage-Markt erhältlich waren. Außerdem hatte sie noch eine verschlüsselte Leitung zu ihrem Arbeitgeber, dem britischen MI5, über die sie es auch noch versuchen konnte, wenn alle Stricke reißen sollten. Doch sie rissen nicht. Schon mit dem dritten Programm („dcodXIII") hatte sie Erfolg. Die Festplatte hatte einige Untergruppen, fast wie ein Inhaltsverzeichnis. Edith überlegte: sollte sie jetzt gleich Bülent rufen, um ihm das Ergebnis zu zeigen oder sollte sie … schließlich waren die Daten schon einmal völlig zerstört worden, dann wurde die Festplatte – oder besser: die Kopie derselben – in einem blutigen Mordversuch gestohlen, dann versteckt ... all das spräche dafür, dachte Edith, dass ich jetzt ... Sie öffnete die Leitung zum MI5, nach ein paar Sekunden war sie durch, klickte ihren Zugang an und kreierte einen neuen Folder, den sie „ABKA" nannte – „A" für Österreich, „BKA" für das Bundeskanzleramt, eine Abkürzung, die Bülent immer wieder verwendet hatte, als er sie über den Ursprung des Dramas informierte. Auf diesen Folder „ABKA" übertrug sie nun den Inhalt der Festplatte. Das würde sicher eine längere Zeit dauern, doch Bülent rechnete ohnehin nicht damit, dass das Entschlüsseln des Passworts so schnell gelingen würde. Die Festplatte surrte und surrte, dem Folder in Großbritannien konnte man sprichwörtlich zusehen, wie er sich – wenn auch langsam – füllte. Nach zwanzig Minuten war die Übertragung beendet, Edith klickte den Folder an, um nachzusehen, ob auch tatsächlich Leserliches enthalten war. »Gespräch mit ...« nannte sich eine Reihe. Obwohl Edith nicht erwartete, dass ihr auch nur ein Name bekannt vorkommen würde, scrollt sie dieses File zum Ende hin. Als sie beim Buchstaben „W" angelangt war, stockte sie einen Moment: da stand „Gespräch mit Wirsalek, Jan". Dieser Name kam ihr mehr als bekannt vor. Sie wusste von den Milliardengeschäften der Firma, bei der dieser Wirsalek neben dem österreichischen Vorsitzenden die Fäden gezogen hatte. Kurz vor ihrem Abflug aus London hatte sie in der „Financial News" einen Bericht gelesen, wonach sich Wirsalek mit einem Brief in das Gerichtsverfahren einschaltete, das zu jener Zeit gerade in München über die Bühne ging. Dort stand sein Chef auf der Anklagebank, nur er selbst war nicht anwesend, weil er sich durch Flucht dem Verfahren entzogen hatte. »Ein dicker Fisch«, dachte Edith, und es wäre sehr verlockend gewesen zu erfahren, was das Gesprächsprotokoll enthielt, das im Bundeskanzleramt angelegt worden war. Nicht an diesem Ort, nicht zu dieser Zeit, aber gleich bei meiner Rückkehr in mein Büro, dachte Edith, öffnete ihren elektronischen Kalender und trug den Namen „Wirsalek" für den Tag ein, an dem sie wieder in London sein würde.

Jetzt konnte sie Bülent zu sich rufen. Sie kappte schnell die Leitung, nichts sollte erkennbar bleiben, dass sie den Inhalt – „widerrechtlich", dachte sie – aus Österreich ins ferne London übermittelt hatte. »Büüülent!« Sie war zur Türe gegangen, hatte sie geöffnet und nach unten gerufen. Kaum war die Stimme verhallt, hörte sie schon die Schritte, die sich von der Küche im Erdgeschoss in Richtung Stiegenhaus bewegten. Edith hatte inzwischen wieder Platz genommen, Bülent war ins Zimmer gestürmt, ein wenig atemlos, so rasch hatte er jede zweite Stufe genommen. »Und? Warst Du erfolgreich?« Er blickte auf den Laptop, sah vorerst aber nur eine lange Reihe von Buchstabengruppen. Erst als er genauer darauf fokussierte, konnte er die Einteilungen auch inhaltlich wahrnehmen. Fast jede Zeile begann mit »Gespräch mit …« und dann folgten Namen von Mitgliedern der Bundesregierung, Politikern anderer Parteien, Klubobleuten, führenden Persönlichkeiten der Sozialpartnerschaft, bekannten und weniger bekannten Unternehmern, den Kabinettsmitgliedern, den Leitern der drei staatlichen Überwachungseinrichtungen, und dann noch Persönlichkeiten, die er nicht im Einzelnen genau zuordnen konnte. »Da kommt viel Arbeit auf mich zu«, war das erste, das sich Bülent dachte, als er den Blick vom Laptop wieder abhob und Edith ansah: »Edith, ich weiß gar nicht, wie ich Dir danken kann. Ohne Deine Hilfe würden wir jetzt nicht hier sitzen und wohl eines der spannendsten innenpolitischen Dokumente vor uns liegen haben. Obwohl: ›Dokumente‹ ist wohl nicht der richtige Ausdruck, aber Du weißt schon, was ich meine. Das wirklich Sensationelle ist wohl, dass der Bundeskanzler alle Gespräche, die er in seinem Büro geführt hat, aufgezeichnet hat. Jeder einzelne, der seinen Raum betreten hat, ist abgehört worden. Du wirst Dich sicher an Richard Nixon erinnern – nein, pardon, Du bist ja zu jung, um das damals miterlebt zu haben, aber Du wirst wissen, dass eine ähnliche Abhöraktion dem amerikanischen Präsidenten das Amt gekostet hat. Und unserem Bundeskanzler haben die Ermittlungen der Wirtschafts- und Korruptionsstaatsanwaltschaft das Genick gebrochen – dabei wussten die noch nichts von der groß angelegten Abhöraktion. Aber das ist im Moment zweitrangig, mir geht es jetzt vor allem um den Inhalt: wer hat was gesagt und warum war es ihm so wichtig, diese Festplatte mit all den Gesprächen zerstören zu lassen. Für mich wird das jetzt wie die Suche nach einer Nadel im Heuhaufen.« Dann schlug Bülent Edith vor, gemeinsam mit Martina und ihm nach Klagenfurt zu fahren, er müsse sich nochmals mit dem Kriminalinspektor Steinkellner treffen, aber sie könnten vorher noch gemeinsam Mittagessen und sie und Martina dann noch die Stadt besichtigen. Edith hatte keinen Einwand und so machten sich alle drei auf die Fahrt nach Klagenfurt.

Andreas Steinkellner ließ Bülent Erdovan warten. Er sei gerade in einer Besprechung, richtete ihm eine Mitarbeiterin aus, allzu lange werde es nicht dauern. Im Warteraum des Landeskriminalamtes gab es sogar einige Zeitungen, die Mitarbeiterin brachte ihm den angebotenen Kaffee mit einem Glas Wasser. Bülent fühlte sich wie in einem Kaffeehaus, nur ohne weitere Gäste. Außerdem wurde er von draußen durch ein Glasfenster von einem Beamten beobachtet. Noch ein Unterschied.

Er nahm die „Kleine Zeitung" in die Hand, sofort stolperte er über die Schlagzeile am Titelblatt: „Schießerei am Wiesenmarkt". Im Artikel wurde berichtet, dass sich am Vortag in der Nähe der Toilettenanlage die Polizei mit drei angeblich Kriminellen ein Feuergefecht geliefert hätte, die Umstände oder Hintergründe jedoch unter Verschluss gehandelt würden. Anonym bleibende Quellen hätten der „Kleinen Zeitung" lediglich angedeutet, dass der Vorfall in Bleiburg etwas mit dem Anschlag in Trögern zu tun gehabt habe, bei dem ein Mitarbeiter des Bundeskanzleramtes schwer verletzt worden sei. Bülent war sich ziemlich sicher, dass das die Männer gewesen sind, deren Handys Edith mit Hilfe ihres Wunder-Laptops ausgemacht und bis nach Bleiburg – jedenfalls elektronisch – verfolgt hatte. Dass die drei nach dem Schusswechsel festgenommen wurden, ist ihm ebenfalls verborgen geblieben, zu sehr war er mit der Suche nach der Festplatte beschäftigt. Genau darüber – nämlich, dass es diese Festplatte überhaupt gab und dass sie der Auslöser der Kriminaltaten war, davon war in der „Kleinen Zeitung" kein Wort zu lesen. »Ich hoffe, das bleibt so«, dachte Bülent und blätterte weiter. Gerade als er sich auf den nächsten Artikel konzentrieren wollte („Klimakrise verschärft sich") kam eine Beamtin in den Raum und teilte ihm mit, dass Kriminal-Oberinspektor Steinkellner ihn nun empfangen könne.

»Nehmen Sie Platz, Herr Erdovan«, sagte Steinkellner, nachdem sich die beiden die Hand geschüttelt und ein paar Plattitüden (»Wie war ihr Wochenende? Bleiben Sie noch länger in Kärnten? Haben Sie Verwandte hier?«) im Stehen ausgetauscht hatten. Bülent setzte sich auf die andere Seite des großen Schreibtisches, hinter dem Steinkellner selbst Platz genommen hatte. Der blätterte in seinen Unterlagen, glaubte erst, die richtige Seite gefunden zu haben, drehte das letzte Blatt aber doch noch einmal um, dann blickte er Bülent ernst ins Gesicht. »Haben Sie mir alles gesagt, was sich in Trögern abgespielt hat, oder besser: was Sie in Trögern erlebt haben?« Bülent war erstaunt. Er hatte nicht damit gerechnet, dass es nun zu einer Art Verhör kommen würde. Was genau hat der Mann vor, mit mir vor? Haben ihm die drei Ganoven, die festgenommen wurden, etwas von der Festplatte erzählt? Was auch immer, sie konnten nicht wissen, dass er sie nun bei sich hatte. »Wie meinen Sie das, ›alles gesagt‹? No ja, alles, an das ich mich erinnern konnte. Sie dürfen nicht vergessen, Herr Inspektor, dass ich vorwiegend damit beschäftigt war, das Leben des Herrn Grössling zu retten. Da kann mir schon etwas entgangen sein.« »Als Sie Herrn Grössling am Boden liegen sahen, ist Ihnen da etwas aufgefallen?« Steinkellner ließ seinen Blick nicht von Bülent los. »Wie gesagt, ich habe mich als erstes danach umgesehen, wie ich das Blut stillen kann. Herr Grössling lag ja in einer Blutlache, da ging es um Sekunden, oder jedenfalls Minuten.« Steinkellner sah ein, dass er mit dieser Methode nicht wirklich weiterkam. Also entschloss er sich, nicht weiter allgemeine Fragen zu stellen. »Hatte Herr Grössling eine Waffe in der Hand?« »Ein Waffe?« Bülent dachte nach. Er ging in Gedanken noch einmal den Gang im Gästehaus nach, wie er Erich wimmern hörte, dann die Türe öffnen wollte, hinter der Erich lag und die dieser teilweise blockierte; wie er sich gegen die Türe gestemmt hatte, den Mann dahinter leicht zur Seite schob und ihn dann erst sah. »Eine Waffe? Nein, eine Waffe habe ich nicht gesehen.« »Sind Sie sich da ganz sicher?« Bülent sah sich in eine Ecke gedrängt. Er kannte Erich einigermaßen gut und überlegte, ob er überhaupt eine Pistole besitzen könnte. »Ich kenne Erich seit ein paar Jahren, einigermaßen gut. Aber von einer Pistole hat er mir nie etwas erzählt. Das passt auch nicht zu seinem Typ.« Bülent hoffte, damit das Thema abgeschlossen zu haben. Doch Steinkellner ließ keine Ruhe: »Sie werden lachen, Herr Erdovan, meine Leute haben auch keine Waffe gefunden. Aber zwei der Männer, die wir festgenommen haben, behaupten steif und fest, Erich hätte sie mit einer Waffe bedroht. Und die ist jetzt nirgends. Kann es also sein, dass Sie Herrn Grössling die Waffe abgenommen haben, aus welchem Grund auch immer?« Plötzlich schoss Bülent die überraschende Begegnung mit dem Bären durch den Kopf – da hatte er doch in seiner Sakkotasche die Pistole verspürt, doch wie war die in seinen Besitz gekommen. Jetzt erinnerte er sich, dass er sie tatsächlich in Erichs Hand gesehen hatte, als er ihm das Stück Leintuch umband, um das Blut zu stillen. Er zeichnete nochmals den Weg nach, den er nach der Episode mit dem Bären gegangen war, oder jedenfalls, woran er sich erinnerte. Jetzt kam es ihm: bevor er wieder in das Auto einstieg, das er beim Geröllhaufen stehen gelassen hatte, hatte er die Pistole aus der Tasche genommen und sie in einem weiten Bogen in den Wald geworfen. Würde das Erich schaden, wenn ich das dem

Inspektor jetzt so schildere? Bülent wollte sich nicht weiter in ein Lügengebäude verstricken und erzählte seinem Gegenüber, was ihm gerade eingefallen war. »Sie wissen schon, dass Sie damit den Tatort in einem ganz anderen Licht dargestellt haben? Ich fürchte, wir müssen mit Ihnen nochmals zu jener Stelle fahren, wo Sie ihr Fahrzeug damals stehen ließen und wo Sie angeblich die Pistole weggeworfen haben?« »Was heißt ›angeblich‹? So wie ich es Ihnen jetzt geschildert habe, so war es auch. Nochmals: das war eine Ausnahmesituation für mich – erst der schwerverletzte Freund, den es zu retten galt, dann quasi mein Leben, als ich auf den Bären stieß.« Steinkellner wollte sich auf keine Diskussion mehr einlassen. Er vereinbarte mit Bülent noch für den selben Nachmittag einen Termin, um mit ein paar Beamten die Stelle abzusuchen, wo die Pistole liegen müsste.

Martina hatte Edith die Innenstadt von Klagenfurt gezeigt: die Londonerin mit österreichischen Wurzeln war erstaunt, wie südländisch sich diese Stadt erwies, wie viele wunderschönen Innenhöfe mit mittelalterlichen Arkaden zu entdecken waren und wie man in diesem italienischen Flair am Alten Platz im Freien einen Kaffee genießen konnte. Doch ihr Vergnügen dauerte nicht lang. Bülent rief an um ihnen mitzuteilen, dass er noch einmal nach Trögern müsste und er sie daher in einer Viertelstunde abholen würde, Martina erachtete es als sinnlos, ihn nach den Details seines geplanten „Ausflugs" zu fragen und berichtete Edith, dass sie in kurzer Zeit abgeholt werden und zurück nach St. Primus fahren würden. Als sie dann alle gemeinsam im Auto saßen, erzählte ihnen Bülent von seinem Gespräch mit dem Kriminalinspektor, von der Verwirrung um die Waffe und dass er sich mit Steinkellner auf dem Weg nach Trögern treffen würde. Edith war erstaunt, dass er auch ihr nichts von der Waffe erzählt hatte. Konnte da möglicherweise mehr dahinter liegen, als er zugeben wolle? Sie wusste aus Erfahrung, dass eine Aussage eines Zeugen – auch wenn sie nicht unter Eid stattgefunden hatte – für ein späteres Verfahren von entscheidender Bedeutung sein konnte. Wer sagt denn, spann sie sich zusammen, dass diese Waffe wirklich Erich gehört hatte – könnte nicht auch Bülent mit der Pistole ins Haus gekommen sein und ... weiter wollte sie sich das gar nicht ausmalen: Könnte dann nicht auch Bülent auf Erich geschossen ... Nein, das wäre zu absurd, das würde sie ihm nie zutrauen. Worauf hinaus eigentlich? Sie kannte ihn ja gar nicht, oder jedenfalls nicht länger als zwei Tage, in so kurzer Zeit kann man in einen Menschen nicht hineinblicken. Zum Glück waren sie in dem Moment zuhause angekommen, jetzt galt es für Edith und Martina, aus dem Auto auszusteigen, noch ein paar Worte mit Bülent zu wechseln und zu hoffen, dass alles zu einem guten Ende führen würde.

Bülent Erdovan und Andreas Steinkellner trafen einander an der vereinbarten Stelle. Sie war leicht zu erkennen, denn obwohl ein Bagger das Geröll zur Seite geschoben hatte, hatten die Reste des Hangrutsches noch deutliche Spuren hinterlassen. Bülent hatte seinen Wagen in das Gebüsch gelenkt, so dass der Kommando-Wagen mit seinen drei Beamten an ihm vorbeikonnte, sollten die Polizisten vor ihm wegfahren wollen. Steinkellner begrüßte Bülent freundlich, jedenfalls freundlicher, als es dieser nach seiner unglücklichen Aussage im Kommissariat erwartet hatte. Dann stellte er ihm die drei Kollegen vor. »Und jetzt, Herr Erdovan, zeigen Sie uns, wie Sie neben Ihrem Auto gestanden haben, als Sie die Waffe in den Wald schleuderten. ›Schleudern‹, das haben Sie doch gesagt, oder?« »›Schleudern‹, ›geworfen‹, ich weiß es nicht mehr genau. Jedenfalls habe ich sie nicht so einfach neben dem Auto fallen gelassen. Das stand ja auf der Straße und ich wollte nicht, dass die Waffe so schnell gefunden wird.« Steinkellner blickte ihn fragend an, verzichtete aber darauf, auch diese Aussage zu verifizieren. Dann machte Bülent mit seiner rechten Hand eine schnelle Bewegung, etwa in der Höhe seiner Schulter und erklärte das damit, dass er die Pistole über das Autodach geworfen hatte. »Ich habe eine Idee«, unterbrach ihn Steinkellner, »nehmen Sie doch einen Stein in die Hand, der ungefähr das Gewicht der Pistole hat und machen Sie die Bewegung dann nochmals.« Steine gab es genug, Bülent beugte sich zum Boden, hob einen Stein auf, wog ihn in der Hand, warf ihn weg und wählte einen anderen aus, der dritte schien ihm zu passen. Dann stellte er sich mit Blick zur bergauf führenden Straße und warf den Stein weit von sich. »So etwa?«, fragte Steinkellner zur Sicherheit und gab dann seinen Beamten den Auftrag, ungefähr dort zu suchen, wo der Stein zum Stehen gekommen war. Trotz des Tageslichts leuchteten die Polizisten mit ihren Taschenlampen den Bereich sorgfältig ab. Der eine leuchtete von oben senkrecht nach unten, der andere hielt die Lampe fast parallel über dem Boden, offenbar in der Hoffnung, die Pistole würde das Licht reflektieren. Und tatsächlich: es dauerte nur wenige Minuten, bis einer der Kriminalisten rief: »Herr Oberinspektor, ich glaube, ich bin fündig geworden!« Steinkellner, der etwas abseits stand, machte drei oder vier Schritte in das Gebüsch, kniete nieder und hob, nachdem er sich Gummihandschuhe übergestreift hatte, eine Pistole vom Boden auf und ließ sie in eine Plastiktüte fallen. »Gut gemacht, liebe Kollegen, da haben wir ja Glück gehabt. Und Ihnen, Herr Erdovan, vielen Dank, dass Sie uns geholfen haben. Es war eine schwere Geburt, aber ich gehe fest davon aus, dass Sie uns – was die Umstände der Waffe betrifft – die Wahrheit gesagt haben.« Bülent war über diese Einschränkung einigermaßen verwundert. Er hatte das Gefühl, dass ihm Steinkellner nicht vertraut, doch das, dachte Bülent, ist vielleicht eher sein als mein Problem.

Zurück in St. Primus ließ Bülent die Neugier nicht locker. Eigentlich wollte er sich in aller Ruhe nach seiner Rückkehr in Wien um alle Einzelheiten der Festplatte kümmern, aber nun hatte er den Folder vor sich und war überwältigt vom Material, das er nun durchsuchen und bearbeiten musste. Irgendein Gefühl sagte ihm, dass er nun vorsichtig umgehen müsse. Er wollte sich zuerst jene Namen genauer ansehen, die ihm nicht von vornherein bekannt vorkamen. Woran könnte dem Bundeskanzler gelegen sein, sein Gespräch etwa mit einem Herrn Hartung aufzuzeichnen, von dem er bei Google einen Kartenverlag, ein Architekturbüro und natürlich einen längst verstorbenen deutschen Maler gefunden hatte – aber niemanden, der in irgendeiner Form als kontroversielle Persönlichkeit bekannt war oder gar mit Korruption in Zusammenhang gebracht werden könnte. Trotz dieser Einschränkung klickte Bülent auf diesen Namen. Zu seiner großen Verwunderung, nein, es war mehr, viel mehr, zu seinem Entsetzen, öffnete sich die Datei nicht, sondern Bülent konnte zusehen, wie sie sich von selbst in Nichts auflöste. So, als würde man auf „Löschen" drücken und der Text, oder das Foto, oder was man sonst gerade ausgewählt hatte, würde im „Papierkorb" landen. Das war auch Bülents Hoffnung: er klickte den Papierkorb an, suchte nach dem Stichwort „Hartung", doch davon gab es keine Spur. Jetzt hilft nur noch Edith, dachte Bülent in seiner Verzweiflung, die sich jedoch schon während seiner Fahrt nach Trögern mit Grüßen an ihn verabschiedet hatte. Er nahm sein Handy und rief Edith an: »Was gibt's?«, fragte sie kurz angebunden. Sie erkundigte sich nicht einmal nach seinem Treffen mit dem obersten Kriminalisten, dem Herrn Steinkellner. Nur ein »Was gibt's?« »Edith, we got a problem!« – Etwas Originelleres war ihm nicht eingefallen. Dann erklärte er kurz, was ihm gerade passiert war. Edith reagierte erschrocken, so nahm er das jedenfalls über die Leitung wahr. Nach einer Nachdenkpause hörte er wieder ihre Stimme: »Das erscheint mir doch sehr seltsam. Bist Du sicher, Du hast nicht irgendeine Taste gedrückt, durch die der Laptop den Eindruck gewinnen konnte, dass Du etwas löschen möchtest?« »Edith, ich bin ja kein Idiot!« Das musste jetzt so aus ihm heraus. »Nein, ich habe eine Zeile so geöffnet, wie ich das immer tue ... Aber sie verschwand sofort, wie durch Geisterhand.« Wieder war Edith sprach- und dann auch ratlos: »Puh, ich weiß nicht, was ich sagen soll. Vielleicht ist da eine Datei korrupt, das passiert immer mal wieder. Ich schlage Dir vor, riskiere es bei einem zweiten, von dem Du glaubst, dass es nicht so wichtig sein kann und melde Dich dann wieder bei mir.« Bülent bedankte sich höflich, auch wenn ihm dieser Vorschlag nicht besonders geistreich erschien – das hätte er auch ohne Ediths Rat so gemacht. Er setzte sich an seinen Laptop und sah sich die Zeilen genau an. An was könnte er sich wagen, ohne dass eine wichtige Information verloren gehen würde. Ausschließen für den Test konnte er alle Kabinettsmitglieder, die Leiter der Überwachungsbehörden, höhere Staatsbeamte, die Klubobleute, vor allem auch Unternehmer – sie alle könnten mit dem Bundeskanzler etwas besprochen haben, das Zündstoff beinhaltete, aber nie an die breite Öffentlichkeit gelangt war. Also blieb Bülent nichts anderes übrig, als sich wieder nach Personen umzusehen, die ihm unbekannt vorkamen. Diesmal schloss er die Augen, legte seinen Zeigefinger auf den Bildschirm und fuhr langsam von oben nach unten. Als er – gefühlsmäßig – bei der Hälfte angelangt war, zeigte sein Finger auf den Namen „Kanduth". Wieder tippte er den Namen bei Google ein: eine italienisch-österreichische Hochschullehrerin für Romanistik – die schien ihm nicht sehr plausibel, umso weniger, als sie schon weit über 90 Jahre alt war. Ein paar Ärzte in Deutschland nannten sich auch so und dann: ein IT-Beratungsunternehmen. Das klang tatsächlich interessant, eigentlich zu interessant, als dass man sich der Gefahr aussetzen dürfe, dass sich das File in Luft auflöst. Kanduth war gestrichen, der nächste war Koller. Wieder so ein Durchschnittsname, wenn ich den Namen jetzt google, finde ich sicher hunderte, die so heißen. Das muss ich jetzt riskieren, dachte Bülent und klickte auf „Koller" – doch statt etwas Relevantes vorzufinden, war das File im Nu mit einem leisen Zischen verschwunden. „Korrupt" – fast musste Bülent lächeln, denn ausgerechnet, wenn es um den Überbegriff Korruption ging, fiel ihm jetzt die Bezeichnung für kaputte

Files auf den Kopf. Wie abgemacht, meldete sich Bülent wieder telefonisch bei Edith. Diesmal läutete das Handy etwas länger, so lange, dass er schon fast wieder auflegen wollte. Doch dann war doch noch ihre Stimme zu hören: »Ja, Bülent, wie sieht es aus?« »Schlecht!« Bülent hatte die Hoffnung fast verloren, auch Edith würde kein Wundermittel kennen, mit dessen Hilfe er doch noch seine geniale Aufdecker-Story schreiben können würde. »Lass mich noch etwas versuchen«, schlug Edith vor. »Willst Du vorbeikommen, oder soll ich zu Dir?« »Nein, ich mache das mit einem Laptop vom Hotel aus, keine Sorge.« Bülent versuchte sich vorzustellen, wie Edith jetzt an seinen Computer herankommen könnte – hatte sie irgendeine Verbindung aufgebaut, von der er nichts wusste? Er erinnerte sich, dass sie ihn vor ihrer Abfahrt aus dem Zimmer geschickt hatte und dann eine halbe Stunde allein mit seinem und ihrem Laptop hantiert hatte. Bülent beobachtete seinen Bildschirm genau – würde sich jetzt der Cursor ohne sein Zutun bewegen? Das wäre ein deutliches Zeichen, dass jemand – Edith? – seinen Laptop unterwandert hatte. Doch es tat sich nichts – im Gegenteil: nach ein paar Minuten schaltete der Laptop auf „Ruhezustand". Jetzt konnte er nur noch warten.

Edith hatte schon gepackt, auch ihr Laptop war schon in der Tasche verstaut. Sie holte ihn heraus, suchte die Internet-Verbindung vom Hotel Amerika, loggte sich danach beim MI5 ein und öffnete den Zugang zu ihrer Seite. Dort lag der Folder, der den Namen „ABKA" trug, so wie sie ihn am Nachmittag eingerichtet hatte. Der erste Schritt verursachte ihr noch kein Herzklopfen: sie klickte den Folder an und gleich tauchten die „Gespräche mit ..." auf: schön geordnet in alphabetischer

Reihenfolge, auch wenn sie mit den wenigsten Namen etwas anfangen konnte. Edith versuchte sich zu erinnern, von welchem File Bülent gesprochen hatte, das sich, gleich nach dem Anklicken, in Luft aufgelöst hatte. „Hartig", nein, aber so ähnlich, „Hartung", ja, das glaube ich, war es, sagte Edith zu sich selbst. Sie scrollte die Namen herunter und – tatsächlich – auf ihrem Folder war der Name „Hartung" noch zu sehen. Sie überlegte: wenn die Namen, die Bülent anklickt, auf seinem Laptop verschwinden, dann muss das nicht unbedingt etwas mit dem Inhalt der ursprünglichen Festplatte zu tun haben, es könnte genauso gut sein, dass auf seinem Laptop ein Virus installiert wurde, der ganz speziell auf die Files der Festplatte trainiert war. »Das ist jetzt die Probe aufs Exempel«, dachte Edith und klickte „Hartung" an: Oh Wunder, sofort zeigte sich eine ganze Seite eines Gesprächs, das – so las sie es am Bildschirm – Bundeskanzler Stefan Wenig am 3. Oktober 2017 um 16 Uhr 10 mit einem Herrn Rudolf Hartung über „Schulreform" geführt hatte. Alles war fein säuberlich transkribiert, möglicherweise hatte das Bundeskanzleramt schon damals ein entsprechendes Programm zur Verfügung, das gesprochene Worte in Schriftzeichen umwandelte. Edith war sofort klar, dass das insofern ein großer Vorteil war, als man so leichter nach Stichworten suchen konnte, bei einem Audio-File gebe es dergleichen noch nicht. So erfreut Edith war, dass „ihre" Daten nicht korrumpiert waren, so unsicher war sie sich, wie es nun weitergehen sollte. Sie könne nur schwer Bülent davon berichten, dass die bei ihr gespeicherten Daten ohne Probleme zu öffnen waren, weil sie damit gleichzeitig zugeben müsste, dass sie sich auch eine Kopie gezogen hatte. Noch dazu eine, die nun auf einem Server des britischen Geheimdienstes lag. Andererseits ... Bülent wäre sicher extrem erleichtert, wenn er erfährt, dass der Inhalt seiner Festplatte nicht endgültig verloren gegangen war. Etwas Zeit wollte sie sich aber doch noch geben und so beschloss sie, erst einmal fertig zu packen und die Zeit zu nützen, darüber nachzudenken, wie sie Bülent dieses Dilemma am besten übermitteln könnte.

Das Handy läutete. Bülent war überzeugt, dass sich Edith mit einer Lösung, oder jedenfalls mit einer Antwort melden würde. Er blickte auch gar nicht auf den Bildschirm, hob ab und fragte, weil er ja Edith vermutete: »No, hast Du's geschafft?« »Noch sind wir nicht per Du, Herr Erdovan – hier ist Steinkellner, vom Landeskriminalamt.« Kurz zuckte Bülent zusammen, doch zum Glück hatte er nichts von der Festplatte erwähnt. »Hallo, was verschafft mir die Ehre?« Irgendwie hatte er schon genug von diesem aufdringlichen Inspektor. »Oder besser: was kann ich tun für Sie?« Steinkellner wollte nicht gleich mit der Türe ins Haus – er hatte zuvor mit dem Kabinettschef des Innenministeriums in Wien telefoniert und ihm, einem gewissen Herrn Rüdiger – das war sein Nach- und nicht sein Vorname – den Fall geschildert. Es schien ihm wichtig, die obersten Vorgesetzten zu informieren, schließlich handelte es sich beim Gewaltopfer um einen engen Mitarbeiter des Kanzleramtes. Dazu kam noch, dass ihm, Steinkellner, einiges noch aufklärungswürdig erschien. Bei der Durchsicht der Verhörprotokolle war ihm aufgefallen, dass er die Aussage, die beiden mutmaßlichen Täter – oder alle drei – hätten eine Festplatte, die im Besitz von Herrn Grössling war, an sich genommen, gar nicht weiter verfolgt hatte. Wahrscheinlich, so überlegte Steinkellner, weil gleichzeitig die Geschichte mit der Pistole des Herrn Grössling aufgetaucht war und ihm daher die Festplatte nicht so wichtig erschien. Aus den Protokollen ging auch hervor, dass niemand wissen wollte, wo sich die Festplatte nun befinde. Das alles – mit Ausnahme der Pannen, die es beim Verhör gegeben hatte – erzählte Steinkellner dem Herrn Rüdiger. Der wollte die brisanten Informationen erst einmal verdauen – das war Steinkellners Interpretation – in Wirklichkeit hatte der Kabinettschef vor, sich bei anderen politischen Beratern zu erkundigen, was es mit dieser Festplatte auf sich haben könnte. Als er danach zurückrief, gab er dem Kriminalbeamten den Auftrag, so rasch wie möglich noch einmal Kontakt mit »diesem Schreiberling« – so nannte er Bülent Erdovan – aufzunehmen und mehr über die Festplatte herauszufinden – »in erster Linie natürlich, wo die sich jetzt befindet.«

»Wir hätten da noch ein paar Fragen«, begann Steinkellner sein Gespräch. »Haben Sie ein paar Minuten Zeit?« „Fragen", dachte Bülent, schon wieder Fragen, ich habe ihm doch eh alles erzählt, was er wissen wollte. »Ja, natürlich, worum geht es denn?« »Die mutmaßlichen Täter – ich muss das so formulieren, solange sie nicht verurteilt sind – aber Sie wissen das ohnehin ...« »Ja, natürlich, wir halten das in Medien genauso«, erwiderte Bülent. »Was ist nun mit den mutmaßlichen Tätern – sind sie entflohen?« »Haha«, Steinkellner konnte sich ein lautes Lachen nicht verkneifen und dachte sofort an die drei Häftlinge, die wenige Tage zuvor in Niederösterreich von Spitalsuntersuchungen nicht mehr in die Haftanstalt zurückgekehrt waren. »Nein, die sind bei uns gut aufgehoben. Es geht um etwas anderes. Die Festplatte. Es geht um eine Festplatte, die die drei Männer Herrn Grössling abgenommen haben und die jetzt unauffindbar ist. Wissen Sie etwas Näheres darüber?« Bülent erschrak. Nun war auch das letzte Geheimnis, von dessen Lösung er sich so viel erhofft hatte, entdeckt worden. »Eine Festplatte – ich weiß davon gar nichts. Herr Grössling konnte ja nicht einmal mehr sprechen, als ich ihn schwer verletzt aufgefunden habe und er wäre ja der einzige gewesen – außer Ihren drei Kriminellen, oder angeblich Kriminellen –, der darüber Bescheid weiß. Leider, Herr Kriminalinspektor, dazu kann ich Ihnen gar nichts sagen.«

Andreas Steinkellner gab nicht auf. Herr Erdovan klang glaubwürdig, und doch schien ihm, dass er in den Äußerungen irgendetwas Defensives erkannt hatte, etwas, das ihn zweifeln ließ, auf die volle Wahrheit gestoßen zu sein. Im Geiste verfolgte er nochmals den Ablauf zurück: der Wiesenmarkt in Bleiburg war so etwas wie ein Schlüsselerlebnis. Denn dort hatten sich die zwei Montenegriner mit dem Dritten getroffen, oder sie waren auf ihn gestoßen. Immerhin hatten er und die Beamten mitbekommen, dass sie nicht gemeinsam den Vergnügungspark betreten hatten. Es gab keine Anhaltspunkte dafür, dass auch Herr Erdovan in der Gegend gewesen war, aber, so dachte Steinkellner, es wäre doch eine genauere Untersuchung wert. Er kontaktierte den zuständigen Richter und ersuchte ihn, ihm eine Genehmigung für ein Handynetz-Protokoll zu geben. »Schriftlich, Herr Kollege, das geht nur schriftlich. Sie schicken mir einen gut begründeten Antrag, und ich reagiere darauf. Wie, das hängt davon ab, wie gut Sie den Antrag formulieren.« Steinkellner kannte das Prozedere – er bat einen seiner Beamten, das Schreiben zu verfassen und ehebaldigst dem Richter zuzustellen. Für den obersten Kriminologen war klar: sollte Herr Erdovan zur gleichen Zeit wie alle anderen im Sendemasten von Bleiburg eingeloggt gewesen sein, dann könnte er ihm nachweisen, dass er sich auch dort aufgehalten hatte. Doch das setzte voraus, dass die Festplatte von einem der Drei irgendwo in Bleiburg versteckt worden war, denn sie hatten sie ja nicht bei sich gehabt. Diesmal erschien Steinkellner der Mann mit dem Namen Štepan Milotovic als der vielversprechendste Auskunftsgeber. Er fuhr nochmals ins Landesklinikum und befragte ihn diesmal höchst persönlich. »Wir wissen mittlerweile«, begann Steinkellner sein Verhör, »dass alles mit einer Festplatte zusammenhängt, die Ihre beiden Kollegen dem jungen Mann in Trögern abgenommen haben. Danach ist sie irgendwie auf dem Schiff im Drauhafen gelandet, dann verliert sich ihre Spur. Sie, Herr Milotovic, haben zugegeben, dass Sie sich auch beim Hafen aufgehalten haben. Könnte es sein, dass Sie die Festplatte dort an sich genommen und später irgendwo versteckt haben – ich kann mir gut vorstellen, dass Sie sie nicht unbedingt auf den Wiesenmarkt mitnehmen wollten … Aus gutem Grund.« Štepan hörte sich das Gebrabbel des Kriminalinspektors ohne äußere Regung an. »Ich bin überrascht, wieviel der weiß«, dachte er sich und überlegte, ob er die Wahrheit sagen oder doch alles geheim halten sollte. Steinkellner erleichterte ihm die Abwägung: »Wenn Sie uns bei der Aufklärung des Falles weiterhelfen, kann sich das sehr positiv für Sie auswirken.« Der Inspektor erklärte ihm, dass er, weil er ja nachweislich nicht am Überfall in Trögern teilgenommen, sondern höchstens als Chauffeur gedient hatte, mit einer niedrigen Strafe davonkommen würde. Sollte er aber jetzt auch noch den Ort bekannt geben, wo er die Festplatte hinterlegt hatte, dann wäre eine bedingte Verurteilung – »ohne die Arbeit des Richters präjudizieren zu wollen oder zu können« – sehr wahrscheinlich. Mit anderen Worten: »dann sind Sie ein freier Mann!« Das klang für Štepan sehr verlockend, auch wenn er sich vorstellen konnte, nach kurzer Haft wieder einmal seinen neu entdeckten Freund in Bleiburg zu besuchen. Und wenn er dort übernachtet – im gleichen Zimmer wie beim letzten Mal – dann könnte er die Festplatte wieder an sich nehmen und viel Geld damit machen. Doch, überlegte er, wie groß sind die Chancen, dass dieses Ding immer noch unter der Matratze verstaut geblieben ist. Wird nur einmal das Leintuch gewechselt – und das könnte durchaus nach seinem Abschied schon geschehen sein – dann ist das Zeug auf den Boden gefallen und jetzt im Besitz von Herbert, der ohnehin ein Computer-Freak ist – der freut sich sicher über so ein Speichermedium. Also. »Herr Inspektor, ich habe im Busfahrer nach Bleiburg einen alten Freund wieder gefunden, den ich noch aus Ex-Jugoslawien kannte, bei dem habe ich übernachtet. Weil ich die Festplatte nicht auf den Wiesenmarkt mitnehmen wollte«, (Steinkellner war überrascht und geschmeichelt, dass er genau diese Annahme vor ein paar Minuten in fast den gleichen Worten formuliert hatte), »habe ich sie unter der Matratze im Zimmer versteckt. Ich weiß aber nicht, ob sie noch dort ist.« Steinkellner war zufrieden: er hatte, was er wollte. Sollte er den Fall aufklären, würden ihm der Herr Minister als Lohn vielleicht sogar einen hoch dotierten Posten in Wien anbieten.

Schon eine Stunde später hatte Steinkellner das richterliche Schreiben in der Hand – nun musste nur noch der Handy-Betreiber das Protokoll aushändigen.

Es war später Nachmittag, als drei Beamte in ihrem ungezeichneten Dienstwagen in Bleiburg ankamen. Im Unterschied zu vor zwei Tagen, als die Stadt vollgestopft mit Besuchern war, zeigte sie sich heute fast beängstigend menschenleer. Von Štepan Militovic hatte Steinkellner noch die Adresse des Buschauffeurs erhalten, das GPS führte sie jetzt direkt zum Haus in die Schmidgasse. Sie läuteten an der Türe, doch nichts tat sich. Sie klingelten nochmals, diesmal schon etwas bestimmter. Dann hörten sie im Inneren Schritte, ein junger Mann, einen schwarzen Kopfhörer um den Hals, öffnete ihnen. Sie stellten sich vor, fragten nach den Eltern und bekamen die Auskunft, dass diese, jedenfalls um diese Uhrzeit, noch nicht zuhause wären. Steinkellner überlegte: der Junge ist sicher noch nicht volljährig, er darf uns also nicht die Erlaubnis geben, einzutreten. Da alles eine Ordnung haben muss, beschloss Steinkellner, mit seinen Leuten im Auto zu warten, bis Vater oder Mutter heimkehren würden – und das teilte er dem Burschen auch mit. Der setzte sich mit einem leichten Nicken, aber ohne etwas zu sagen, seinen Kopfhörer wieder auf und schloss hinter sich die Türe.

Edith wusste, dass sie Bülent nicht länger hinhalten konnte. Und doch hatte sie noch keinen klaren Entschluss gefasst. Vieles sprach dafür, ihm ganz einfach zu sagen, dass sie sicherheitshalber noch eine Kopie gezogen und diese im MI5 sicher verwahrt hatte, genauso gut fühlte sie sich aber mit der Entscheidung, ihm nochmals Hilfe anzubieten, doch ohne zu verraten, dass sie im Besitz seiner Festplatte war. Viel Zeit war vergangen, also wählte sie seine Nummer: »Bülent, ich wollte zwar jetzt nachhause zu meiner Mutter fahren, aber ich komme nochmals bei Dir vorbei und schaue nach, ob sich etwas machen lässt.« Bülent war erleichtert; er wusste, wenn ihm jemand aus der Patsche helfen konnte, dann nur Edith. Wenige Minuten später stand sie auch schon vor seiner Haustüre. Er hatte extra draußen gewartet, es war ein wunderschöner, milder, später Herbstnachmittag, die Sonne hatte noch ihre ganze Leuchtkraft, war aber nicht mehr weit über den Bäumen am westlichen Himmel. »Ich fürchte, Du hast einen Virus. Das ist, wenn man so will, gut und schlecht. Gut, weil es bedeutet, dass nicht die Festplatte mit etwas infiziert ist und schlecht, weil ein Virus nur mit großen Problemen zu entfernen ist, ohne schweren Schaden am Laufwerk zu hinterlassen. Aber, schauen wir einmal.« Sie gingen nach oben, Edith blickte kurz ins Wohnzimmer und begrüßte Martina, die gerade in einem Buch vertieft war. Der inkriminierte Laptop stand mit geöffnetem Bildschirm auf Bülents Schreibtisch, Edith setzte sich davor ohne sich die Erlaubnis von Bülent geholt zu haben. Das Erste, was wir machen müssen, erklärte sie, ist, den Virus zu identifizieren und zu isolieren. Beides seien komplexe Operationen. »Du kannst Dich jetzt neben mich setzen und mir zusehen, oder Du machst in der Zwischenzeit etwas, das Dir mehr Spaß machst«, sagte Edith und verzog ihren Mund zu einem leichten Lächeln. Bülent hatte verstanden und ließ sie alleine. Er ging zu Martina ins Zimmer und klärte sie auf, was oben gerade vor sich gehe.

Eine halbe Stunde verstrich, dann noch eine weitere. Martina und Bülent waren mittlerweile in der Küche verschwunden, sie wollten für sich und für Edith ein Abendessen vorbereiten, schließlich hatte Edith angedeutet, dass sie noch heute zurück nach Kindberg fahren würde, da wäre es das Mindeste, ihr vor der Abfahrt noch ein kleines Mahl anzubieten. Außerdem verbrachte Bülent so die Zeit produktiver, auch wenn seine Arbeit nur darin bestand, den Salat, den er aus dem Garten geholt hatte, zu waschen und in kleine Stücke zu schneiden. Auf dem Herd kochten drei Eier, die würde er auch noch in den Salat hinzugeben. Roggenbrot vom Bio-Bauern hatten sie sich ebenfalls besorgt, dazu legte sie noch Käse und ein paar Blättchen Wurst auf ein Holzbrett, alles wurde mit entsprechendem Besteck und Tellern in der Küche aufgetischt. Und dann warteten sie. Und warteten. Das bedeutet nichts Gutes, dachte Bülent, während er sich mit Martina wieder ins Wohnzimmer zurückgezogen hatte. Es waren wohl zwei Stunden vergangen, als Edith die Stiegen hinunterkam und sich zu ihnen ins Wohnzimmer setzte. »Ich habe keine guten Nachrichten«, hob sie an, »der Virus ist sehr hartnäckig. Im Moment sieht es so aus, als würde ich den einfach nicht auflösen können. Ich habe alles versucht, was man in einer derartigen Situation machen kann. Aber Du hast noch eine Chance: wenn Du die Festplatte an einen anderen Computer oder Laptop anschließt, kann es sein, dass sie den Virus nicht überträgt und dann, voilà, hättest Du gewonnen.« Bülent war ein wenig erleichtert, auch wenn er kein weiteres Gerät in seinem Ferienhaus hatte. Doch in wenigen Tagen würde er ohnehin nach Wien fahren und dort gäbe es dann genug Möglichkeiten, sein Glück zu versuchen.

Steinkellner blieb nicht andauernd im Wagen sitzen. Zu dritt fühlte er sich beengt, seine zwei Kollegen waren außerdem Raucher, die zwar für ihr Laster immer ausstiegen, aber dann mit einem unerträglichen Nikotin-Geruch zurückkamen. Er selbst hatte schon vor 25 Jahren die letzte Zigarette in der Hand, oder besser: im Mund gehabt und hasste seit damals den Rauch, egal wo, vor allem in Gaststätten, wo dem Rauchen erst vor wenigen Jahren ein Ende bereitet wurde. Als er wieder einmal ein paar Schritte neben dem Fahrzeug machte, sah er eine Frau auf das Haus zukommen. Er sprach sie an, zeigte seinen Ausweis, erklärte kurz die Situation und wurde dann, gemeinsam mit den zwei anderen Beamten, eingelassen. Sie nahmen im Wohnzimmer Platz, Frau Jodič, so hatte sie sich vorgestellt, bat ihnen etwas zu trinken an, was sie auch gerne annahmen. Als sie mit einer Karaffe Wasser und mehreren Gläsern aus der Küche zurückgekommen war, beschrieb Inspektor Steinkeller, was sie hierhergeführt hatte. Vor zwei Tagen hatte ihr Mann einen gewissen Štepan Milotevič nach Hause gebracht und sei dann mit ihm zum Wiesenmarkt gegangen. Dieser Herr Milotevič hatte eine Computer-Festplatte bei sich, die er – angeblich – unter der Matratze des Bettes, in dem er übernachtete, versteckt hatte. Und das würden sie jetzt gerne überprüfen. Herbert, der Sohn, hatte sich, als seine Mutter aus der Küche ins Wohnzimmer gekommen war, unbemerkt von seinem Zimmer im oberen Stock zur Türe herangeschlichen und der Konversation gelauscht. Als er merkte, dass sich die Beamten dabei machten, das Wohnzimmer zu verlassen, verschwand er rasch im nächstgelegenen Raum. Die Männer schritten hinter Frau Jodič nach oben. Sie führte sie in das Zimmer, in dem ein großes Doppelbett stand. »Haben Sie das Bett schon wieder frisch überzogen?«, fragte Steinkellner. »Ja, gestern Abend, nicht zuletzt, weil unser Gast sich ja ohne Abschied von dannen gemacht hat.«

Steinkellner und die Beamten leuchteten mit ihren Taschenlampen aus allen Richtungen unter das Bett, doch weder die sonst so obligaten Staubbällchen noch eine Festplatte waren zu erblicken. Zur Sicherheit hoben sie noch an allen vier Ecken die Matratze auf, doch auch das führte zu keinem Ergebnis. Herbert, der längst wieder nach oben geschlichen war und die Aktion durch den Türspalt beobachtet hatte, sah jetzt seine Stunde gekommen. Er trat ins Zimmer ein, stellte sich als Sohn des Hauses vor und schilderte, was er zum Rätsel der verschwundenen Festplatte beitragen konnte. Er habe (»durch reinen Zufall« – wer sagt schon gerne, dass er, wie jetzt, durch den Türspalt alles mit beobachtete), davon mitbekommen, dass der alte Freund seines Vaters hier ein Speichermedium versteckt hatte. Weil er ein richtiger Computer-Narr sei, war er neugierig, was sich darauf befindet. Sicherheitshalber hätte er aber diese eine Festplatte mit einer baugleichen aus seinem Bestand ausgetauscht, denn wäre der Freund plötzlich nach Hause gekommen, wäre ihm vielleicht aufgefallen, dass das Gerät nicht mehr unter der Matratze stecke. Als er, Herbert, dann am nächsten Tag nach der Schule endlich die Festplatte ansteckte, musste er zu seiner Überraschung erkennen, dass er wieder die eigene Festplatte angeschlossen hatte – die andere war unauffindbar.

Alle drei Beamten blickten ihn mit großen Augen an. Sollte ihnen der „kleine" Herbert jetzt gar die Lösung des Rätsels aufgetischt haben? Doch nur, wenn er tatsächlich die Wahrheit gesagt hatte. Und würde das nicht bedeuten, dass ein Dritter (Herr Milotevič kann es ja nicht gewesen sein, den haben wir ja vorher festgenommen, ging es Steinkellner durch den Kopf) in das Haus eingedrungen war und die Festplatte an sich genommen hatte. Doch wer konnte dieser Dritte gewesen sein? Wer konnte überhaupt gewusst haben, dass es die Festplatte gibt, geschweige denn, dass sie hier in Bleiburg unter einer Matratze versteckt war. Da läutete Steinkellners Handy: »Herr Kriminal-Oberinspektor, hier ist Buchmann. Wir haben eben vom Telekom-Unternehmen die Nummern der Handys bekommen, die zur fraglichen Zeit im Sendemast in Bleiburg eingeloggt waren – ich schicke Ihnen die Liste auf ihr Gerät.« Kurz danach bekam er die entsprechende Mail mit einem PDF-File im Anhang. Steinkellner entschied sich jedoch, nicht im Schlafzimmer einer quasi unbekannten Familie, noch dazu mit deren übereifrigem Sohn, ein derart brisantes Dokument zu öffnen. So verabschiedete sich die Gruppe („mit bestem Dank für Ihre Kooperation ...") und verließ das Haus. Als alle wieder im Auto saßen, erklärte der Chef seinen Kollegen, was er eben erfahren hatte und öffnete den Anhang. Es war eine lange Liste von Telefonnummern, wahrscheinlich die längste, die es je für Bleiburg gegeben hatte – doch kein Wunder, dachte er, schließlich spielte sich das am Höhepunkt des Wiesenmarktes ab. Steinkellner suchte erst auf seinem Handy die Nummer des Herrn Erdovan heraus, notierte sie auf einem Zettel und verglich sie dann mit all denen, die auf seiner Liste standen. Dafür hatte er sich eine eigene Methode angeeignet: er nahm ein besonderes Zahlenpaar heraus – bei Erdovan war es etwa in der Mitte die Kombination 6633 – und verglich diese vier Zahlen dann im Schnelllauf mit dem, was der Netz-Provider zur Verfügung gestellt hatte. Tatsächlich fand er mehrere Nummern, die die Reihenfolge 6633 aufwiesen, doch sie passten mit dem Rest nicht zu dem, was er suchte. Bis auf eine: es war haargenau die Handynummer von Bülent Erdovan. Nun hatte Steinkellner den Beweis, dass der Journalist, der sich immer so unwissend gab, tatsächlich zur selben Zeit am selben Ort war wie er, seine Beamten und die drei Männer, die festgenommen worden waren. Das war natürlich kein Beweis, folgerte Steinkellner, dass Erdovan auch in das Haus eingedrungen war. Doch wenn Erdovan naiv genug war, dann hatte er vielleicht Fingerabdrücke hinterlassen, die müssten noch zu finden sein. Vorher wollte der Kriminalist jedoch noch mit Erdovan selbst sprechen, in der Hoffnung, er würde ohnehin alles zugeben.

Eine halbe Stunde später parkte der Dienstwagen vor dem Haus der Erdovans.

Edith hatte sich nach dem bescheidenen aber vorzüglichen Abendessen verabschiedet. Sie hatte ihre Mutter nun schon zwei Tage allein gelassen, das – sagte sie mit einem Augenzwinkern – tat zwar beiden gut, doch noch eine Nacht wollte sie sie nicht mehr alleine lassen. Bülent und Martina saßen vor dem Fernseher, beide liebten Krimis, obwohl die deutschen mit den immer gleichen Schauspielern und der klischeehaften Handlung – fast immer wird ein junges Mädchen, das irgendwo in der Morgen- oder Abenddämmerung in einem Wald herumläuft, umgebracht – schon öfter den AUS-Knopf verlangt hatte. Diesmal war es jedoch ›arte‹ mit einem französischen Film, in dem man erst am Ende erfahren würde, warum der Protagonist, ein gutaussehender Mann mit grau meliertem Haar, der mitten in der Midlife-Crisis steckt, seine Geliebte verlassen und sich einer viel jüngeren Frau angeschlossen hatte. Gerade als die Aufklärung geliefert wurde, hörte Bülent ein Fahrzeug, das vorne im Hof stehen geblieben war. Er schob den Vorhang etwas zurück, hielt die Hand vor den Augen und sah, wie der ihm bekannte, jedoch nicht sonderlich beliebte Kriminalinspektor mit zwei weiteren Männern aus dem Wagen stieg. Bülent blickte auf die Uhr: es war 21 Uhr 30, ziemlich spät für einen unangesagten Besuch. Er unterrichtete Martina, was sich eben vor der Türe ereignet und ging nach draußen. Steinkellner begrüßte ihn überraschend freundlich. »Es tut uns schrecklich leid, dass wir Sie zu so später Stunde noch stören müssen, aber wir haben da noch einen offenen Punkt – vielleicht können Sie uns weiterhelfen.« »Ein offener Punkt?«, Bülent überlegte rasch. Wir haben schon alles besprochen, das einzige, was sie noch interessieren könnte, wäre der Verbleib der Festplatte. Habe ich ihnen nicht schon gesagt, dass ich nichts davon wüsste? »Dürfen wir hineinkommen?« Steinkellner hatte die Frage noch gar nicht fertig gestellt, da bewegten sich die Beamten bereits auf die Haustüre zu. Bülent blieb nichts anderes übrig, als sie einzulassen und Martina zuzurufen, dass sie in der Küche Platz nehmen würden. »Herr Erdovan, waren Sie vorgestern in Bleiburg?« Wahrscheinlich hätten sie das ohnehin schon herausgefunden, lügen hätte jetzt wenig Sinn. Aber wenigstens eine Notlüge, dachte Bülent. »Warten Sie … Ja, klar, da waren wir am Wiesenmarkt – ich brauche Ihnen nicht zu sagen, was für ein traditionelles Fest das ist. Und weil wir diesmal gerade zu dieser Zeit in Kärnten waren, haben wir beschlossen, auch einmal dieses Vergnügungsfest zu besuchen. Aber, ganz unter uns, mir – oder eigentlich uns beiden – war das ohnehin zu viel. Zu viel Lärm, zu viel Leute, zu viel Alkohol ...« Bülent redete sich in einen Schwall, in der Hoffnung, Steinkellner von seinem Befragungs-Pfad abzulenken. Doch vergebens. »Sie waren nicht zufällig in der Schmidgasse bei der Familie Jodič, oder in deren Haus, das gerade leer stand, weil die alle unterwegs waren?« »Ich, ein Einbrecher?« Bülent war verblüfft. Mit einer solchen Frage konfrontiert zu werden, war mehr, als er erwartet hatte. »Schauen Sie, Herr Erdovan«, Steinkellner sprach zu ihm wie zu einem kranken Kind, »wir finden das heraus, wenn Sie tatsächlich dort waren – ein Haar genügt, Fingerabdrücke, die Technik kennt hier keine Grenzen.« Bülent blickte zu Boden. Er hatte zwar die Festplatte, doch bis jetzt nicht ein Gesprächsprotokoll gelesen, das sich ja wirklich vielversprechend anhörte: die Unterredung jedes Besuchers, der die Türschnalle ins Büro des Bundeskanzlers in der Hand hatte, wurde aufgezeichnet – eine Schatzkiste für jeden Journalisten. Und doch, nicht eine Zeile hatte er bisher entziffern können, wer weiß, ob ihm das je gelingen würde. Erich, wenn er aus dem Koma erwacht, wird enttäuscht sein, wenn er ... Erich! – das war seine allerletzte Hoffnung: wer eine Kopie zieht und sie weitergibt, hat vielleicht auch noch eine zweite Kopie zuhause. »Entschuldigen Sie mich einen Moment«, sagte Bülent zu Steinkellner, der ihn überrascht ansah. Bülent war aufgestanden und dabei, das Zimmer zu verlassen. Steinkellner gab einem seiner Kollegen einen Wink, der erhob sich und folgte dem Journalisten mit einigem Abstand in den oberen Stock. Was dort im Zimmer passierte, das Bülent betreten hatte, konnte er nicht sehen – vielleicht hatte er den Auftrag seines Chefs auch missverstanden. Nach nicht einmal einer Minute kam Bülent zurück und hielt ein kleines, blaues, viereckiges Gerät in der Hand. Zurück in der Küche, überreichte er Steinkellner die Festplatte. »Es ist mir sehr unangenehm, aber bevor ich jetzt noch tiefer in die ganze Misere rutsche, gebe ich Ihnen lieber wonach Sie suchen.« »Und – was haben Sie darauf entdeckt? Sagen Sie es uns jetzt oder müssen wir warten, bis nächste Woche das Profil erscheint?« »Keine Sorge, so weit war ich noch gar nicht. Werden Sie mich jetzt verhaften?« »Keine Sorge, so weit sind wir noch nicht«, erwiderte Steinkellner mit einem breiten Lächeln. Wir setzen jetzt einmal die Puzzle-Steine zusammen, die uns helfen sollen, den Mordversuch auf Herrn Grössling zu klären. Wenn wir da noch ein Steinchen bei Ihnen vermuten, melden wir uns wieder.« Steinkellner stand auf, reichte Bülent die Hand, so wie auch die anderen Beamten, und verließ das Haus. Bülent ging zu Martina, die den Film zu Ende geschaut hatte. »Du wirst nicht glauben, wie der ausgegangen ist …« »Du wirst auch nicht glauben, was hier jetzt passiert ist. Ich musste Steinkellner die Festplatte übergeben, er wusste von meinem ›Einbruch‹ in Bleiburg, leugnen hätte keinen Sinn gehabt. Ich glaube, ich suche mir jetzt einen neuen Job.« Martina stand auf, ging zum Glaskasten, entnahm zwei Weingläser, verließ kurz das Wohnzimmer und kam mit einer Flasche Rotwein zurück. »Darauf stoßen wir jetzt an, Prost!«

Der Standard, 12. Dezember 2023

Er ist eine Schlüsselfigur in den vielen Ermittlungsverfahren rund um die ÖVP – und er will Kronzeuge werden:

*der frühere Öbag-Chef und Generalsekretär im Finanz-
ministerium, Thomas Schmid. Im Strafprozess gegen
Ex-Kanzler Sebastian Kurz (ÖVP) spielt er überhaupt
die zentrale Rolle. Dem einstigen ÖVP-Chef wird ja vorgeworfen, im Ibiza-U-Ausschuss falsch über seine Rolle
in Öbag-Personalentscheidungen ausgesagt zu haben,
also im Zusammenhang mit Vorstands- und Aufsichts-
ratsbestellungen. (...) Schmid belastet Kurz weiterhin
schwer.*

Edith blieb noch zwei Wochen in Kindberg. Sie hatte von
Bülent erfahren, dass er nicht mehr dazu kommen werde,
die Festplatte an einen anderen, nicht virusverseuchten
Computer anzuschließen. Er hatte sie der Polizei übergeben müssen. Nun saß sie in ihrem Büro im Gebäude der
Spionageagentur MI5 und war überwältigt von der An-
zahl der internen Mail-Nachrichten, die auf ihrem Server
lagen. Und dort befand sich natürlich auch die Kopie der
Festplatte. „First things first", dachte Edith und klickte
den Folder an, den sie von Österreich aus nach London
übermittelt hatte. Vor allem das File mit dem Namen
„Wirsalek" hatte ihre besondere Aufmerksamkeit geweckt. Sie öffnete das „Gespräch mit Wirsalek, Jan" und
begann zu lesen. Das Erste, was sie überraschte, war,
dass der Kanzler und der Finanzjongleur „per Du" waren. Doch das war natürlich nicht verboten – und nach
allem, was sie aus Österreich gehört und in Erinnerung
hatte, war es durchaus üblich. Rasch kamen die beiden
zum eigentlichen Thema. Es ging um den Abbau von Lithium in den österreichischen Bergen, genauer, in einem
Gebiet, das im staatlichen Besitz war (nur so konnte sie

den Begriff „Bundesforste" interpretieren). Sie überflog die nächsten Passagen, in denen es hauptsächlich um das Pro und Kontra der Elektromobilität ging, bis es wieder interessant wurde. Zwei Mal musste Edith die nächsten Absätze lesen, um sie richtig zu verstehen. »Oh my God ...« – beinahe kam es laut aus ihr heraus. Wie immer, wenn sie zurück in London war, hatte sich ihre Sprache automatisch aufs Englische umgeschaltet. »Unbelievable!« Sie legte, wie vor Schreck, drei Finger ihrer rechten Hand vor ihren Mund. Je weiter sie dem Text folgte, desto unglaublicher kam ihr das Gelesene vor. Sie hatte in ihrem Leben ja schon viel mitbekommen, was gewiefte Gauner an Phantasie und – ja, so musste man es nennen – Frechheit anwenden, wenn es darum ging, sich einen „Vorteil" zu verschaffen, doch was sie da las, das schlug dem Fass den Boden aus. Dabei war sie noch gar nicht am Ende angelangt. Tatsächlich, die letzten Zeilen setzten dem Ganzen die Krone auf. Diese Redewendung amüsierte sie, schließlich war Österreich ja im Unterschied zu Großbritannien eine Republik und kein Königreich ... Edith überlegte. Ist es rechtens, wenn Bülent, nach all dem, was er – und sie mit ihm – durchgemacht hatte, auf diese bombshell verzichten müsste? Eigentlich nur, weil sie ihm nicht geholfen hatte, das Material, für das sein Freund beinahe sein Leben lassen musste, so wiederherzustellen, dass er es auch gebrauchen konnte.

Dann fasste sie einen Entschluss: sie kopierte das Gespräch von der ersten Zeile bis zur Verabschiedung (»... also bis zum nächsten Mal, am 12. im ›Don Giovanni‹, ich reserviere, Ciao!«), legte eine Mail für Bülent Erdovan an, schrieb unter Betreff: „Überraschung" und fügte das eben kopierte Schriftstück an. Dann lehnte sie sich in ihrem Stuhl zurück, blickte auf den Bildschirm, änderte den Absender auf einen erfundenen Namen, holte noch einmal tief Luft und drückte schließlich auf „send".

Fast im gleichen Moment war das brisante Dokument in Bülent Erdovans Postfach im 1200 Kilometer entfernten Wien angekommen.

ORF, 23. Februar 2024
Acht Monate bedingt für Kurz

Nach zwölf Verhandlungstagen ist Ex-ÖVP-Bundeskanzler Sebastian Kurz wegen des Verdachts der Falschaussage vor dem „Ibiza"-U-Ausschuss in einem von drei Anklagepunkten schuldig gesprochen worden. Auch sein Ex-Kabinettschef Bernhard Bonelli wurde bezüglich eines Vorwurfs schuldig und der anderen Vorwürfe freigesprochen. Kurz wurde zu acht Monaten Haft bedingt, Bonelli zu sechs Monaten bedingt verurteilt. Das Urteil ist nicht rechtskräftig.

www.wieser-verlag.com